少年陰陽師

しょうねん おんみょうじ

少年陰陽師 拾玖

歸天之翼

翼よいま、天へ還れ

結城光流—著　涂愫芸—譯

重要人物介紹

藤原彰子

左大臣藤原道長家的大千金，擁有強大靈力。基於某些因素，半永久性地寄住在安倍家。

小怪

昌浩的最好搭檔，長相可愛，嘴巴卻很毒，態度也很高傲，面臨危機時便會展露出神將本色。

安倍昌浩

十四歲半的菜鳥陰陽師，父親是安倍吉昌，母親是露樹，最討厭的話是「那個晴明的孫子」。

六合

十二神將之一的木將，個性沉默寡言。

紅蓮

十二神將的火將騰蛇，化身成小怪跟著昌浩。

爺爺(安倍晴明)

大陰陽師。會用離魂術回到二十多歲的模樣。

朱雀

十二神將之一的火將，使的是柔和的火焰。與天一是戀人。

天一

十二神將之一的土將，是絕世美女，朱雀暱稱她「天貴」。

勾陣

十二神將之一的土將，通天力量僅次於紅蓮，也是個兇將。

太陰

十二神將之一的風將，擅使龍捲風，個性和嘴巴都很好強。

玄武

十二神將之一的水將，個性沉著、冷靜，聲音高亢，外型像小孩子。

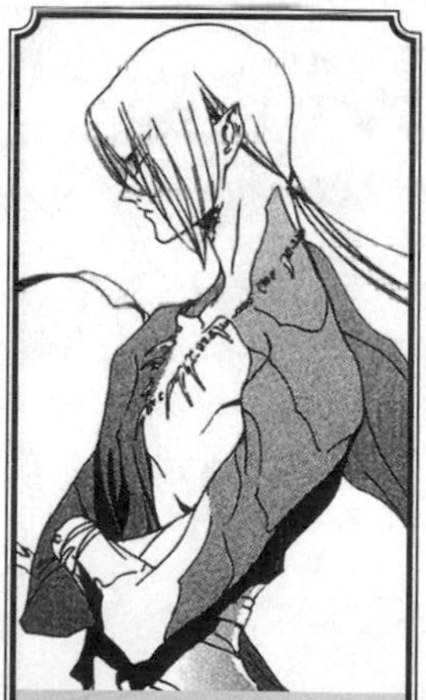

青龍

十二神將之一的木將，從很久以前就敵視紅蓮。他有另一個名字「宵藍」。

太裳

十二神將之一的土將，說話沉穩，氣質柔和。平時較少出現在人界。

白虎

十二神將之一的風將，外表精悍。很會教訓人，太陰最怕他。

天后

十二神將之一的水將，個性溫柔，但有潔癖，厭惡不正當的行為。

高淤

貴船龍神，自從昌浩救祂脫離窮奇的封鎖後，便對昌浩相當有好感。

安倍成親

昌浩的大哥，陰陽寮的曆博士，有位人稱「竹取公主」的美麗妻子。

藤原敏次

陰陽生，在陰陽寮裡是昌浩的前輩，個性認真，做事嚴謹。

希望能永遠守護妳入夢後的沉睡夜晚。

縹緲的思念啊！綻放而凋零的花朵啊！

明知世間萬物皆非永恆，我卻依然祈求，

罪孽深重之久遠——

1

——你的身軀與力量，都將成為我的糧食……

救救我。

救救我。

我好怕。

我好怕。

救救我。

哥哥，我不行了。

救救我，哥哥……救救……我……

＊　＊　＊

無數黑影翩然降落。

好幾雙眼睛注視著前方遼闊的京城。

「去找……」

響起低沉的嘶吼聲。

黑影們都屈膝跪拜。

比黑暗還要漆黑的身影幢幢晃動，像水面漣漪蕩漾般地回應：

「主人，包在我們身上。」

以人形出現的黑影微微揚起了嘴角。在無數黑影中，就以這個黑影散發出來的妖氣最為強烈。

「我一定會找出殺死那位大人的仇敵。」

被稱為「主人」的可怕妖魔聽到這句話，滿意地瞇起了眼睛。

＊　＊　＊

——……應……

有聲音。

——……回……應……

是曾經聽過的可怕聲音。

——快回應……！

「……唔……！」

藤原彰子在黑暗中驚醒，全身冷汗直流。

她緩緩爬起來，聽著狂亂奔放的心跳聲，戰戰兢兢地環視周遭。

房內沒有點燈，一片漆黑，門窗又緊閉，連月光都照不進來。

不過，眼睛逐漸適應黑暗後，就隱約可以看見房內了。

眼前是自己還沒完全融入，但已十分熟悉的環境。

「……是夢……」

彰子嘶啞地喃喃自語，雙手抱著自己的身體，吐光鬱積在胸口的氣。

她撥開黏在冒汗的額頭、脖子上的頭髮後，又做了好幾次深呼吸。

「……」

但是，就算這樣重複了好幾次，心跳還是緩和不下來。

手腳末梢都異常冰冷，胸口騷動不已。

「……對了。」

在黑暗中，彰子眨眨眼睛，慢慢地站起來，披上外衣，悄悄走出了房間。

她躡手躡腳地走在鴉雀無聲的走廊上。

現在是深冬，地板十分冰冷，寒意從光著的腳底攀升上來。

看到木拉門時，她下意識地鬆了一口氣，然後輕輕地伸出手，無聲地拉開門。

然而，出乎她意料之外，房內一個人都沒有。

平安京是百鬼橫行的魔窟。

白天人類來來往往的大馬路，晚上會呈現完全不同的面貌。

一輛牛車嘎啦嘎啦作響，在朱雀大路上疾馳。

牛車通常有牛拉車，這一輛卻看不到牛。倒是車輪周圍亮著慘白的鬼火，其中一個輪子中央還浮現一張鬼臉。

妖車過了五条大路一帶之後停了下來。

片刻後，從車內跳出兩個身影。

「嘿喲！」

「哎呀呀！」

從車轅鑽出來的身影繞到鬼臉那邊，笑著伸出手說：

「謝謝你，車之輔，因為你的關係才能這麼快到家。」

「就是啊！憑你的腳程，絕對沒辦法在一個晚上之內往返貴船。」

「嗯，真的呢！」

安倍昌浩點點頭，撫摸車輪表示慰勞。牛車妖怪車之輔開心得不得了，嘎唏嘎唏搖晃著車轅。

車之輔不會說人話，昌浩又不懂妖怪語，當然需要有人做口譯。

「小怪，車之輔說什麼？」

被問的是白色異形。

「它說很高興能幫得上忙，需要時請隨時找它，它會隨叫隨到，因為它畢竟是主人的第一個式鬼……車之輔真的是以此為榮呢！」

昌浩嗯嗯地附和，哈哈大笑說：

「這樣啊，很開心聽到它這麼說。小怪，你連妖怪語都會，真不愧是怪物。」

「不要叫我怪物！」

被稱為「小怪」的白色異形猛然以後腳站立，斜吊起圓滾滾的眼睛。

「我已經跟你說過很多很多很多次了，但是，我還是要說，不管幾次都要說——我不是怪物！該改改你的稱呼了，晴明的孫子！」

「不要叫我孫子！」

昌浩大叫著，逼向小怪。

「我也跟你說過很多很多很多很多次了！不要叫我孫子、不要叫我孫子！你這隻怪物！」

「就跟你說我不是怪物嘛——！」

這隻齜牙咧嘴的異形，身體大小如大貓或小狗，全身濃密的白毛，長長的尾巴甩啊甩，長長的耳朵飄向後方。脖子有一圈勾玉般的紅色凸起，額頭上的花樣圖騰十分鮮豔。比那個圖騰更紅的眼睛又大又圓，就像夕陽剪影。

它就是昌浩口中的怪物小怪。因為是怪物，所以叫小怪。任何人聽到這個命名的理由恐怕都會愣住，覺得太沒創意了。

昌浩和小怪在朱雀大路上嘰哩呱啦地展開了唇槍舌戰，看得心驚膽戰的車之輔忽然察覺有異形的氣息，移動了車身方向。

浮在車輪中央的巨大鬼臉把眼睛張得斗大。

最先察覺的是小怪，它屏住氣息，全身緊繃起來。

「小怪？」

就在昌浩疑惑地低聲叫喚時，小怪一溜煙轉身跳開了。

「咦？」

瞬間——

「哇——！」

無數的黑影啪啦啪啦從天而降。

「哇啊！」

慘叫聲被埋在小妖堆底下。小怪翩然落地，轉身看著無數黑影堆積而成的小妖山，用前腳擦拭著眼睛說：

「嗚，每次都好可憐啊……」

但是小怪裝悲哀的聲音，很快就被充滿活力的叫喊聲掩蓋了。

「好久不見啦！」

「你好嗎？」

「那幾個可怕的傢伙應該都被你消滅了吧？」

「不愧是晴明的孫子！」

只有最後一句是小妖們的大合唱。

小妖山鬆動了。

從小妖們的縫隙間，可以看到昌浩掙扎著慢慢爬出來的手。

「啊，爬出來了。」

悠哉地坐在地上的小怪身旁出現一個高大的身軀。

是十二神將之一的六合。肩上披著深色靈布的青年無聲地走向前，把手伸進小妖山裡，抓住手腳亂動的昌浩的領子，輕而易舉便把他拎了出來。

被六尺多高的六合拎在半空中的昌浩，就像從身後被抓住頸子的貓，腳不停地擺動搖晃，低聲咒罵著：「可惡的小妖……」

六合把他放下來，他半睜著眼向六合致謝，再狠狠瞪著小妖們。

「每次每次每次都這樣隨便把人壓扁，太過分了。」

昌浩火冒三丈，小妖們卻一點都不在乎。

「啊！對了，有件事要告訴你。」

「不是要告訴你，是要拜託你。」

「因為只有你可以依靠了。」

「你畢竟是晴明的孫子。」
「不要叫我孫子！」
三隻小妖代表所有小妖，走到怒吼的昌浩面前，它們是猿鬼、獨角鬼和龍鬼。
長得像猴子的猿鬼咂咂舌地搖晃著豎起的手指。
「不行哦！你這樣子會輸給敵人。」
「沒錯、沒錯，陰陽師需要冷靜和正確的判斷力。」
有一隻角、圓嘟嘟的獨角鬼挺起胸膛猛點著頭。在它旁邊的龍鬼是有三隻眼睛的蜥蜴，它舉起一隻前腳說：
「我們擁有京城最大的情報網，所以你要好好聽著，孫子。」
「聽了絕對沒壞處，孫子。」
「就算你不想聽，我們也要說給你聽，所以好好聽著吧！孫子。」
被連叫好幾聲「孫子」，昌浩已經氣到沒有力氣罵它們，只是顫抖著肩膀。
在一旁觀看的小怪和六合無可奈何地搖頭嘆息著。
安倍昌浩是安倍晴明的孫子。
人稱曠世大陰陽師的安倍晴明是個有點像怪物的老人，年紀都快八十歲了，卻還是十分活躍。

「有隻腳踩在異形世界裡，算是我們的同類。」住在京城裡的小妖們都這樣讚揚他，也有傳聞說他是狐狸與人類所生的孩子。

然而，昌浩知道，傳聞是真的，他的的確確是隻老狐狸。

祖父是狐狸變形怪，所以跟小妖們也能相處融洽。

問題是，自己也繼承了那隻老狐狸的血脈。

「不、不要，我絕對不要變成像他那樣的老狐狸……」

被連叫好幾聲孫子而想起祖父的昌浩悶悶不樂，猿鬼拍拍他的膝蓋說：

「有什麼煩惱就說出來，我們隨時都會聽你傾訴。」

「沒錯、沒錯，因為你是晴明的孫子。」

「有麻煩到你的地方，我們一定會報答。」

昌浩眼睛半睜，看著在這方面特別講義氣的小妖們，深深嘆息。

小怪覺得好笑地看著它們，甩甩白色尾巴說：「你們要拜託什麼事？」

「啊！對了、對了。」

離題的小妖們被小怪的話拉回了主題。

突然間，三隻小妖和聚集在後面的所有小妖好像都緊張了起來。

昌浩眨眨眼睛，視線掃過所有小妖。
「有很可怕的傢伙。」
「可怕的傢伙？」
猿鬼對昌浩點點頭，又轉向獨角鬼和龍鬼說：
「真的很可怕哦？」
「嗯，從來沒見過的傢伙。」
龍鬼揮揮前腳說：
「應該是沒見過，而且連看都看不清楚……不過……」
昌浩訝異地看著說到一半的龍鬼。
「怎麼了？」
「呃，這是我自己的感覺啦……」
支支吾吾的龍鬼看看昌浩又看看小怪，再轉向同伴們。不知道為什麼，小妖們都拚命點著頭。
「全身漆黑，看不清楚，可是，很像……以前遇過的異邦妖魔。」
好不容易說出那個名稱的龍鬼喘口氣，跟獨角鬼、猿鬼擠成一團。
「你、你們不是常說有什麼言靈嗎？所以我們雖然覺得跟那個可怕的傢伙有點像，也不太敢說出來。」

「而且，說出來可能會引來那傢伙。」

「所以我們儘可能不說。」

但是那可怕的傢伙頻頻出現，小妖們只能屏氣凝神，等著那個可怕的傢伙消失。

「幫我們想想辦法嘛！」

「拜託你。」

「好嘛，晴明的孫子！」

「我說過不要叫我孫子！」

小怪看著反射性大吼的昌浩，覺得很好笑，但是沒多久就豎起了耳朵，轉過身去。

幾乎在同一時間，六合也有了反應。

看到兩人的動作，昌浩也回過頭看，小妖們全都安靜下來了。

「什麼東西？」

颳起一陣風。

小怪的夕陽色眼睛閃起厲光，它擺低姿勢說：「昌浩，你退後。」

把昌浩擋在身後的小怪與六合向前踏出一步。六合揮舞著銀槍，小怪的白色身體被灼熱的鬥氣所包圍。

一眨眼，嬌小的異形就變成了身材高大的紅蓮，注視著黑暗的遠處。

現在是半夜三更，半月形的月亮照耀著地面，但是光靠這樣的月光，還是看不清楚遠方。

神將們的眼睛，不管夜晚或白天都看得一樣清楚。為了方便，昌浩也對自己施加了暗視術。

昌浩注視著紅蓮與六合的前方。

迎面而來的風，帶著兇險的氣味。

昌浩知道一種非常類似的氣味。

但是，立刻被大腦否決了。不可能，絕對不可能，擁有那種可怕妖氣的妖魔已經死了。

焦躁地調整呼吸的昌浩，眼中冒出一個小小的身影。

那身影正逐漸縮短與他們之間的距離。

「小妖們……」

紅蓮打破沉默，低聲叫喚。縮成一團的小妖們全都嚇得跳了起來。

紅蓮轉頭看著小妖們，問：「那就是你們說的可怕傢伙？」

金色眼睛指向黑色身影。被視線射穿的小妖們無聲地猛點著頭。

六合瞪著逐漸接近的身影，發出缺乏抑揚頓挫的平板聲音：

「騰蛇，那究竟是……」

紅蓮向前跨出了一步，高高舉起右手，就從手掌竄出了燃燒的鮮紅火蛇。

逐漸縮短距離逼近的身影，也在同時彈跳起來往前衝。

昌浩倒抽了一口氣。六合擋在他面前，舉起槍，從防禦轉為備戰狀態。

「對了，你沒見過那傢伙，」紅蓮對著直逼眼前的黑影放出火蛇，「光看外表，的確是那隻應該已經死掉的異邦妖魔！」

剎那間，震天價響的咆哮聲掩蓋了紅蓮的話，爆開的驚人妖氣擊碎了火蛇。

「……唔！」

昌浩聽過那刺耳的咆哮聲。

他倒抽一口氣，想起以前讀過的《山海經》裡的一小節。

「鼠身鱉首，吠聲如犬。」

如書上描寫的吠叫聲就像看不見的刀刃，將風劃開。

「蠻蠻……！」

紅蓮說得沒錯，那是應該在很久以前就已經死亡的異邦妖魔，怎麼會在這裡？

比黑暗還要漆黑的蠻蠻的眼睛，直直盯著紅蓮與六合身後的昌浩。

「找到了……找到了……！」

帶著嗤笑的聲音低沉地回響著，又像水流過般，詭異地顫動著。

昌浩覺得背脊一陣冰冷。

異邦妖魔蠻蠻散發出比當時更強烈的妖氣，彷彿鎖定獵物般盯著昌浩。

「可、可惡！」

昌浩振奮起來，甩甩頭，用力吸口氣。

「嗡阿比拉嗚坎夏拉庫坦……！」

「找到了，找到殺死窮奇大人的方士了——！」

蠻蠻帶著憎恨地叫喊著撲過來，從它小小身體噴出的妖氣掀起了漫天沙土，形成一陣龍捲風襲來。

「唔哇！」

沙土飛向眼睛，昌浩不由得舉起手臂擋住，從敲打全身的沙土縫隙傳來了紅蓮的吼叫聲。

「昌浩，退後！」

他反射性後退的腳下被什麼東西深深挖開了一個洞。有聲音在耳邊大笑著：

「在這裡、方士在這裡，我們主人的仇人！」

「休想得逞！」

灼熱的鬥氣爆發，被放射出來的火蛇劇烈擺動，衝向躲在漫天沙土中的黑影。

熱風掠過昌浩的臉，但是，地獄業火沒有傷害到昌浩。

昌浩從舉起的手臂後面定睛凝視，看到從火焰中跳出來的黑影邊大笑邊跳躍著。

「等等！」

六合以靈布揮開沙土，揮動著手中的銀槍，槍刃砍斷了鑾鑾的後腳，但沒有成為致命傷。

黑色的鑾鑾回頭對昌浩猙獰一笑，就那樣摸黑逃走了。

「喂……！」

咬牙切齒的紅蓮憤怒地放出火蛇。鑾鑾被切斷的腳瞬間燃燒起來，不留痕跡地消失了。

殘留的妖氣隨風散去。

紅蓮觀察一下狀況，嘖地咂咂舌，搖搖頭，就變成了小怪的模樣。

六合小心翼翼地環顧四周，小怪走向他，低聲說：

「到底怎麼回事？那傢伙明明死了。」

那個外型毫無疑問是鑾鑾，只差在漆黑的顏色，還有更強烈的妖氣。

「我怎麼會知道？不過，由妖氣來看，的確是異邦妖魔。」

六合皺起了眉頭。夕陽色的眼睛焦躁地看著他，但是現在對同袍發脾氣也沒有意義，小怪還沒有失去理智到這種地步。

它甩一下尾巴，就轉身走開了。

呆呆佇立的昌浩緊握著拳頭，還沒有從驚愕中回過神來。

害怕的小妖們聚集在他腳下。

「那可怕的傢伙就是以前追殺過我們的妖魔吧？」

「可是，那傢伙不是被殺了嗎？」

「那些可怕的傢伙不是都被你們殺了嗎？」

「怎麼又跑出來了？」

昌浩腳下的小妖，個個都是一把鼻涕一把眼淚。

被無數小妖包圍的昌浩困惑地看著它們說：「我也不知道為什麼啊！」

那些妖魔的確已經死了，怎麼會再……？

「我跟紅蓮把那些妖魔都殺了啊……那個窮奇也在水鏡裡……」

昌浩看著右手的手掌，啞然無言。

當時，他全心全意地祈求貴船祭神的幫助，的確把降魔劍插入了大妖的身體。

那一晚，他連命都不要了，抱著可能再也回不來的決心。

只為了保護她。

想到這裡，昌浩忽然臉色發白，張大了眼睛。

「啊……」

心跳撲通撲通地加速。

——找到了……

蠻蠻帶著嗤笑的聲音，刺穿昌浩的胸口。

「讓、讓開，快！」

昌浩踢開腳下的小妖們，驚慌失措地轉身就要離去。

「怎、怎麼了？」

「喂！你的臉色很蒼白。」

「喂！你還好吧？孫子。」

擔心的小妖們你一句我一句地問，昌浩看也不看它們，急匆匆地說：

「我要馬上趕回去，萬一那傢伙……」

萬一蠻蠻那傢伙的目的跟以前一樣……

「昌浩……你是說彰子？」

驚訝的小怪想到這裡，瞪大了眼睛。聽到同袍這麼說，六合也倒抽了一口氣。

昌浩拋下小妖們，開始往前跑，小怪和六合也默默地緊跟在後。

「啊……走了……」

猿鬼伸出去的手停在半空中，看著同伴們說：

「怎麼辦……那可怕的傢伙不會再來了吧……」

「唔……最好是不要再來了。」

「剛才不是逃走了嗎？既然這樣，恐怕會再……」

對話到此中斷，大家都不知道該怎麼辦才好。

緊緊靠在一起的小妖們害怕地看看四周，拚命想著該怎麼辦才好。

「對了，乾脆暫時去躲在晴明那裡吧？」

安倍家很大，以前可以自由進出，晴明和式神都不會斥責它們，現在房子四周佈下了結界。

只要不搗蛋，應該不會被硬攆出去吧！在這方面，小妖們也都知道分寸。

「就算不能進去屋內，待在戾橋下的妖車那裡，應該也不會有事。」

獨角鬼舉雙手贊成。

小妖們緊張地動了起來，爭先恐後地衝了出去。

2

——在那裡。

——在那裡。

——找到了。

——是方士。

——那麼，那個女孩呢？

「把他帶來。」

一群異形像波浪般，鬧烘烘地伏地跪拜。

「把那個方士、那個女孩，帶來我這裡……！」

✖ ✖ ✖

昌浩爬上安倍家的圍牆，跳進庭院，連滾帶爬地衝到自己房間的外廊。

他連鞋都懶得脫，拉開木門正要進去時，當場愣住了。

追上來的小怪疑惑地皺起眉頭。

「昌浩？」

它從門縫往內窺探，這才恍然大悟。

小怪搖搖頭，嘆口氣，往呆呆站著的昌浩的腳踢過去。

昌浩猛然回過神來，把嘴巴扁成ㄟ字，跟剛才完全不一樣，小心不發出聲音，躡手躡腳地拉上了門。

點燃的燈台火焰朦朧地照亮著室內。

彰子趴在矮桌上，閉著眼睛，兩個身影悄悄守護在旁。

那是十二神將的天一和玄武。

昌浩在他們附近蹲下來，壓低聲音問：「她什麼時候來的……」

「我們大約是在一個時辰前發現的。」

「天一去她房間察看有沒有異狀，發現她不見了。我們立刻追蹤她的氣味來到這裡，就看到她這樣趴著睡著了。」

「她在亥時前就上床了，所以發現她不在房間裡，把大家都嚇壞了。」

天一露出百感交集的眼神，微微苦笑起來。她沒有再多說什麼，不過發現彰子不見時，想必她的臉色一定很蒼白。

把手臂當成枕頭的彰子發出了規律的鼾聲，但是以那樣的姿勢睡久了，很可能對身體造成負擔。

要趕快把她抱回房間。

昌浩心裡這麼想，卻直盯著彰子的睡容，久久無法拉開視線。

他突然想到，這是第一次看到她睡得這麼安穩。

昌浩眨了眨眼睛。

腦海中浮現她陷入大妖魔窮奇的奸計，啟動了詛咒時的事。

從那時到現在，還不到三個月。

發生太多事情了，無法輕易告訴他人的重大事件接踵而來，使得她脫離了原來的星宿命運，開始在安倍家生活。

昌浩下意識地握緊雙手，長長嘆口氣，幾乎吐光了肺裡的空氣。

看到那個酷似轡轡的漆黑轡轡，讓昌浩十分焦慮。為了治癒大妖魔窮奇的傷口，那些傢伙會把彰子抓去當貢品。

如果轡轡發現彰子在安倍家就完了。

想到這個可能性時，昌浩完全無法思考其他事，一心只想趕快確定她是否平安，就沒頭沒腦地衝回來了。

安倍家佈設了強韌的結界，裡面還住著大陰陽師安倍晴明和他的手下十二神將，根本不會發生什麼萬一，也不能發生。

理智告訴他的事實，被感情一腳踹開了。

在親眼看到她平安無事之前，他都快急死了。

「昌浩，要是讓她繼續睡在這裡，可能會感冒哦！」

小怪低聲這麼說，昌浩點點頭，卻還是沒採取行動。

他只是垂下頭，看著自己的手。

流著淚的哀傷臉龐、飽受詛咒折磨的臉龐，深深烙印在他心底。

「我再也……」

再也不想看到那樣的臉了。

不知道為什麼，應該已經殲滅的異邦妖魔的身影在腦海中浮現又消失。

蠻蠻、獓㹞、鶚、駿、舉父，還有……

昌浩的心情忐忑不安，警鐘在胸口深處鳴響，精神莫名地亢奮。

「我絕對要保護她。」

他緊緊握起拳頭，又喃喃重複著已經說過很多次的話，閉上眼睛發誓。

這樣持續了好一會，他才嘆口氣，抬起頭來。

「彰子……」

正要把手伸向彰子的昌浩忽然面有難色。

「昌浩，你想怎麼做呢？」

察覺他神情不對的天一偏著頭問。

昌浩轉向神將們說：「把她叫醒太可憐了。」

小怪甩甩耳朵說：「也對啦……一定是等你等到睡著了……」

今天晚上昌浩是在亥時溜出了家門，所以不確定彰子是什麼時候來的，但是會等到睡著，應該是在這裡待了很久。

「不過，」小怪甩甩尾巴，曖昧地笑著說：「這樣不是剛好？她待在這裡，你就不必去她房間看她了。」

天一和玄武都不解地眨著眼睛，昌浩無言以對，一臉難以形容的表情。

「因為彰子很可能正在睡覺，就算你要確認她的安危，也不好意思闖入她的房間吧？」

小怪顯得有點幸災樂禍，昌浩欲言又止地瞪著它。因為被它說中了，完全無法反駁。

倘若彰子現在是在她自己的閨房，那麼昌浩可能會想，只要稍微拉開木門，窺視裡面的狀況就好。但想歸想，卻不敢實際行動，只能抱頭苦思，這時候，恐怕只能拜託天一去察看，她應該會欣然答應。

六合與玄武雖是神將，畢竟還是男性，彰子可能也不希望他們隨便進去。

「總之，要把她送回房間。」

正要站起來的昌浩，中途停止了動作。

他比較自己與彰子的體格，陷入思考中。

看到昌浩半蹲著呈靜止狀態，小怪把尾巴一甩，轉過頭說：

「喂，六合！」

隱形的六合默默現身，用缺乏感情的黃褐色眼睛俯視著小怪。

小怪用前腳指示他。

「麻煩你送彰子回房間。」

「我送是沒關係，不過，你送也沒問題吧？」

對六合來說，這是非常理所當然的疑問。

小怪面有難色，嘴巴嘰嘰咕咕地不知道在唸些什麼，然後，尷尬地用前腳抓抓臉頰，吞吞吐吐地說：

「我……我有問題，因為彰子有靈視力。」

六合眨了眨眼睛，天一和玄武恍然大悟地看著小怪。

因為現在是小怪的模樣，所以原有的神氣被隱藏了。如果現出原形，即使隱形，不管多小心，強烈的神氣都可能觸動彰子的靈視力。

它不想讓安倍家之外的人看到它的原形。經歷種種事，最後半永久性居住在安倍家的彰子，也絕對不會看到它的原形。

這是小怪（紅蓮）對自己的約束。

像是在宣示這件事到此結束，小怪甩甩頭，拍拍昌浩的背。

「咦？」

正想破頭，不知如何是好的昌浩，滿臉無助地看著小怪。那表情實在太窩囊了，小怪很受不了地說：

「喂喂！你這是什麼表情啊？晴明的孫子。」

「不要……」

昌浩慌忙吞下差點脫口而出的怒吼，連做了好幾次深呼吸。

小怪嘆著氣對他說：

「快拜託六合吧！再不把彰子送回床上，她就太可憐了。」

的確是這樣。

昌浩不由得雙手合十，抬頭看著六合。

「拜託你。」

寡言的神將無聲地點點頭，輕輕抱起彰子，絲毫不費吹灰之力。

天一和玄武也站起來，向昌浩點頭致意後就走出了房間，為六合帶路。

交給天一應該就沒問題了。

小怪目送著三人離去，接著用腳關上了木拉門。看到昌浩口中唸唸有詞，滿臉嚴肅地看著自己的雙手，它搖搖頭，聳著肩說：

「將來還長得很，你好好加油吧！」

因為說得有點小聲，認真思考的昌浩根本沒聽見。

小怪用尾巴拍拍昌浩的膝蓋說：

「喂，你也早點休息，明天要去陰陽寮吧？」

「咦？啊！嗯……」

昌浩不情願地點點頭，脫下狩衣，鑽進被子裡，不久就有點昏昏沉沉了。

小怪把他脫下後隨處扔的狩衣稍微摺一摺，以免產生皺紋，然後很疲憊似的打個大呵欠，縮在被子旁。

昌浩半睡半醒地看著它，精神恍惚地想著：「……為什麼……」

應該在房裡睡覺的彰子，怎麼會跑到我的房間來呢？

《……救……》

在完全進入夢鄉之前，昌浩好像聽到某人的聲音。

非常悲戚、縹緲、虛無，完全聽不出來是誰的聲音。

✦ ✦ ✦

距離黎明還有一段時間。

接近正圓形的月亮，光線皎潔明亮，幾乎遮蔽了所有的星光。藍色的天空緬邈幽深，一片靜寂。

有兩個身影出現在這樣的夜裡。

張開翅膀飛過來的身影在空中盤旋，俯瞰著平安京。
「很近了……」
一個身影這麼說，另一個身影回應：
「嗯，不會錯。」
兩個身影拍振大鷲般的翅膀，全身震顫起來。
「終於找到了……」
「不，翻羽，還不能放心得太早。」
被稱為「翻羽」的身影聽到同伴的話，語氣有點急地說：
「我知道，可是越影，你應該也是跟我一樣的想法。」
「當然。」
它們是異形。因為怕在月光中被看見，巧妙地以黑暗纏繞全身，隱藏了行蹤。
俯瞰著京城的翻羽低聲嘟囔著：
「就在這裡，踰輝就在這裡的某個地方。」
它感覺得到，絕對不會錯。
「一定要把踰輝的靈魂……」
悲從中來的翻羽用力拍振翅膀，藉此壓抑快要爆發的激動情緒。

全身纏繞黑暗的越影，聽著翻羽的振翅聲，堅決地說：

「踰輝……這次，我一定會……」

白皙的臉龐在它心底迸裂、消失。

最後聽到的聲音，在耳邊繚繞不去。

「我們走吧！越影。」

翻羽催促越影，振翅飛向高空。

✖ ✖ ✖

在陰陽寮工作的昌浩忍不住打了個小小的呵欠。

小怪看到，不高興地說：「昌浩，你今天要好好休息。」

夕陽色的眼睛看起來有點兇，昌浩心虛地反駁說：

「我沒事啊！只是有點想睡的錯覺而已。」

今天比較晚到陰陽寮，所以出門前有小睡一下。不過，昌浩的工作幾乎都是雜事，做起來很單調，所以怎麼樣都會打瞌睡。

「喲，錯覺啊？」

「對、對，錯覺。」

瞪著昌浩一臉僵硬笑容的小怪忽然豎起耳朵，轉過頭去。

一個行色匆匆的陰陽生啪噠啪噠地跑過去。

昌浩順著小怪的視線望過去，不禁瞪大了眼睛。

「太稀奇了，敏次也會那麼慌張……」

藤原敏次比昌浩大三歲，是陰陽生之首。需要相當的智慧、才能與努力，才能在這種年紀爬到首腦的地位，不過，他還缺少一樣東西。

昌浩的座位在陰陽寮的一角，有好幾個官員面向矮桌做著種種工作。

只有直丁昌浩在最角落磨著墨。

離昌浩最遠的地方，有個陰陽師正看著攤開的卷軸。臉色凝重的陰陽生走到他旁邊，跟他交頭接耳。陰陽師驚愕地站起來，跟著陰陽生走了。

「東西丟著就走了呢！」

「好像很慌張的樣子，發生什麼事了？」

陰陽師和陰陽生往曆部去了。陰陽寮分為陰陽部、天文部、曆部和漏刻部①。

昌浩覺得很奇怪，停下磨墨的手，往裡面窺探。感覺很不平靜，連這裡都嗅得到緊張氣氛。

「喂！小怪，可不可以去幫我看看怎麼回事？」

「真拿你沒轍。」

小怪慢吞吞地站起來，搖搖晃晃地往前走，白色身影消失在轉角處。

這時候，臉色蒼白的敏次折回來了。

「昌浩。」

「啊！對不起，我馬上……」

還以為又會挨罵，昌浩不假思索地先道歉了，敏次打斷他說：

「別管那些了，快去天文博士那裡。」

昌浩眨了眨眼睛。

「咦……？」

天文博士是昌浩的父親安倍吉昌。

「啊，那麼，我做完這個就去……」

墨水不用完會乾掉，而且昌浩還有很多工作要做。

但是敏次有點焦躁地搖搖頭說：

「不用了，我替你做。」

「咦？可是……」

忽然，小怪以驚人的速度衝回來了。

「昌浩！」

只有昌浩聽得見的小怪的聲音，與敏次的聲音交疊了。

「快！曆博士被異形……！」

「成親被妖怪襲擊了！」

兩個聲音同時貫穿耳朵。

昌浩張大眼睛，啞然失言。

「……咦……？」

安倍晴明的次子吉昌就是昌浩的父親。

吉昌有三個兒子，只有三子住在安倍家，長子和次子都已經結婚，搬出去住了。孩子們各自都很忙碌，很少有時間回老家。

但是，多的時候，吉昌和昌浩一天會碰到他們好幾次。

安倍吉昌的孩子都在陰陽寮工作。

接到意想不到的通報，昌浩全身變得僵硬，是敏次硬把他推去了天文博士吉昌那裡。剛開始腳步緩慢的昌浩，在最初的衝擊稍微過去後，才跌跌撞撞地往前衝。

這麼不規矩的行為，平常一定會挨罵，但是，現在所有官員都知道事態嚴重，只是默默目送著昌浩。

途中，和幾個快步前進的陰陽師、陰陽生擦身而過。小怪驚訝地看了他們一眼，但是昌浩完全沒有那種心情。

「父親！」

吉昌抬頭看到兒子跑得上氣不接下氣，臉色蒼白，緊張地叫他趕快進來。

昌浩的二哥昌親也在場，他是天文生。

「父親、昌親哥，聽說成親大哥被妖怪襲擊了？」

吉昌對慌張詢問的昌浩點點頭說：

「他是在前往皇宮的路上，被突然出現的妖怪襲擊。」

聽說那時候他正跟好朋友走在一起。

出現了許多漆黑的異形，其中一隻發出牛般的叫聲衝向成親，成親雖然受了傷，但還是把妖怪擊退了。

「跟他同行的人呢？」

「他沒事，就是他去找人來，把成親送回了參議大人家。所以，他請了凶日假，在家裡齋戒淨身。」

同行的男子，是成親的朋友橫笛師紀芳彬。成親的岳父接到通知，立刻離開皇宮回家了，因為擔心親人被異形污染，會波及寢宮及皇上。

昌浩在膝上緊握著拳頭。

「父親……哥哥他……」

昌親拍拍昌浩的背，安撫臉色蒼白的他說：

「昌浩，放心吧！大哥那傢伙，說不定現在正高興有理由可以請假了。」

然而，嘴巴這麼說的昌親，自己也是滿臉緊張。

聽著他們對話的小怪甩甩尾巴，介入三人之間。

「詳細情形還在等通報嗎？」

抬頭看著他們的小怪表情嚴肅，吉昌臉色陰鬱地回它說：

「是的，總不能丟下工作去看他。」

但是，內心一定很想馬上衝過去看兒子怎麼樣了。昌親也是一樣。這兩個人都太過認真，所以沒辦法以私事為優先。

相處這麼久了，小怪很了解他們，它輕輕嘆口氣，對昌親說：

「你的責任沒有吉昌那麼重，應該可以去成親那裡看看吧？」

的確是這樣，昌浩也轉頭看著二哥。

昌親滿臉愁容地說：

「我也很想這麼做啊！可是，陰陽部下令暫時不要採取任何行動。」

「什麼？」

小怪不解地皺起眉頭，吉昌告訴它：

「其實不只成親，還有兩位殿上人也在進宮途中被襲擊。」

皇上遲早會下詔收服妖魔，到時候，懂陰陽術的陰陽寮官員和檢非違使等武官，都會被分派任務。

「發佈詔令後就要出動，所以現在必須待命。」

「怎麼會這樣……！」

竟然連確定家人的安危都不行。

「所以才找你來。」

聽到吉昌這麼說，昌浩驚訝地眨眨眼睛。

「我們沒辦法行動，你替我們去看成親。」

吉昌說完，昌親也接著說：

「不用擔心，已經獲得陰陽寮長的許可了，拜託你了，昌浩。」

小怪把耳朵甩到後面說：「沒錯，最底層的直丁不在也不成問題。」

然而，小怪、吉昌和昌親都心知肚明，這樣的認知嚴重錯誤。在他們面前的十三歲少年，是大陰陽師安倍晴明唯一的接班人。聽懂父親和哥哥的話後，昌浩點點頭，站起來說：

「是！」

離開皇宮後，昌浩快步走向成親居住的參議府邸。成親娶了藤原家族的千金，現在住在對方家裡。參議府邸在左京的四条。

時刻已經接近午時。

小怪的陰陽講座

①漏刻部是專門執掌報時工作的部門。

3

把外衣從頭頂披下來的彰子關上門後，稍微露出臉來仰望天空。

萬里無雲，天高氣爽。

「天氣真好……」

彰子向前走，幾道隱形的氣息跟在後頭。

不時往後瞄的彰子悄悄開口說：

「你們很擔心我吧？謝謝。」

《……真厲害。》

稍微加強神氣讓有靈視力的人可以看得見，但一般人還是看不見的神將玄武感歎地說：《能察覺我們隱形時的存在，需要相當的能力呢！》

「的確是。」

一頭金色長髮、看起來很溫柔的天一對同袍點點頭。

昌浩與窮奇血戰時，就是這兩位神將來找彰子借神具。可能是這樣的緣故，大多是他們兩人跟在彰子身旁。

這不是彰子第一次外出。就算再怎麼需要隱藏身分，也不可能永遠不走出安倍家一步。

而且，昌浩的母親露樹完全不知道彰子的來歷。晴明只說她是某位遠親貴族家的小姐，露樹既沒有深入追問，也沒有直接問彰子。

「她真的什麼都沒發現嗎？」

神將們都知道彰子說的是誰。

「很難說呢！安倍家非一般人家，身為這種家族的媳婦，除非發生什麼重大事件，否則她都不會被嚇到吧！」

在天一旁邊現身的神將朱雀開朗地笑著，彰子也被他逗笑了。

「我希望她不知道，因為秘密是很沉重的負擔。」

最好愈少人知道愈好。如果能隱瞞到真的沒有人知道的那一天，虛假就有可能變成真實了。

「皇宮是在……」

彰子四處張望，玄武指給她看說：

「在那邊，昌浩現在應該也在陰陽寮努力工作。」

昌浩今天比較晚去陰陽寮，所以也會比較晚回來吧？

「今天回來之後，還會去京城嗎？」

玄武和天一面面相覷。

今天早上昌浩睡到差點遲到，沒什麼時間跟大家說話。正匆匆忙忙吃著早餐時，彰子一直用有話要說的眼神望著他。

「小姐，妳是不是有什麼心事？」

「咦？啊，沒、沒什麼，我只是……」彰子的眼神忽然變得飄忽不定，好像在思考該怎麼說，「我只是在想……即使沒發生什麼大事，昌浩也每天外出夜巡，會不會弄壞身體？很擔心他有沒有充分的睡眠。」

憂心忡忡的玄武點頭表示贊同，天一與朱雀也彼此互看一眼。

主人安倍晴明年輕的時候跟昌浩一樣，也常外出夜巡，所以神將們對這件事的認知，就是歷史又要重演了。

但是，現在的京城的確沒發生什麼大事，實在沒必要每天晚上出來。

「改天我們會把妳的話傳達給昌浩。」

身旁的天一溫柔地微笑著，彰子抬頭看著她，瞇起眼睛說：

「謝謝……」

天一發現彰子的眼神有些憂鬱，擔心地眨眨眼睛說：

「小姐，妳是不是還有其他……」
彰子對說到一半的天一搖搖頭，裝出開朗的聲音說：
「我想買好吃、營養的東西給昌浩，大家也幫我想想買什麼好。」
去市集的道路平坦，但距離不短。
彰子看著前方，稍微加快了腳步。

沒有先通知便突然來訪的使者，放下信就離開了，而且從頭到尾都微低著頭，避開眾人的目光。
安倍晴明坐在矮桌前，嗯嗯地沉吟著。
「晴明，什麼事？」
在附近現身的神將青龍板著臉問。天后端坐在他附近，偷偷瞄著他們兩人。
晴明思考了一會，無奈地垂下肩膀，轉向神將們。
「天后。」
「是。」
被叫到名字的天后端正了坐姿，青龍的眼神也緊張起來。
「妳跟宵藍一起去送信來的這位參議大人府邸看看情況。」

兩人都露出困惑的表情。
青龍瞥天后一眼說：
「只是看看情況，應該天后一個人去就夠了吧？」
「我的能力不足嗎？」
被兩人這麼一說，晴明趕緊揮手否定。
「不，我不是那個意思，只是有點擔心，所以加強防備。」
但是，天后似乎不滿意這樣的答案，眼神犀利地盯著老人。
「您是擔心什麼呢？請告訴我。」
因為情緒太過激動，她的翠綠色雙眸閃閃發光。
晴明雙手環抱胸前，偏著頭說：
「早上我聽紅蓮說，昨晚撞見的妖怪很像已死的異邦妖魔。」
聽到紅蓮的名字，青龍的眉頭瞬間緊皺起來。晴明看在眼裡，內心不免有些悵然。
「那又怎麼樣？」
「你好冷酷啊！不要一聽到紅蓮的名字就露出那種表情嘛！看看你的額頭，萬一皺紋再也不消失怎麼辦？」
「晴明，請繼續說下去。」

對紅蓮沒什麼好感的天后淡淡地催促晴明。

「你們啊……」

兩人的眼神都很冷漠。晴明強忍住不嘆氣，拉回主題。

「這封信的主人有個十六歲的女兒，黎明時，有可怕的身影出現在這位千金身旁。」

青龍和天后的臉都緊繃起來。

「我不知道有沒有關聯，出現的妖魔也可能是其他妖怪，但是，萬一真的是異邦妖魔，最好還是不要一個人去吧？」

天后把嘴抿成一條線，垂下眼睛。

「如果是這樣……的確最好不要一個人去。」天后嘆口氣，對著青龍說：「青龍，你願意陪我去吧？」

青龍不情願地說：「只能這樣了。」

「對不起。」

「我又沒責怪妳，不要動不動就道歉。」

「……對不起。」

晴明看著垂頭喪氣的天后的瘦弱肩膀，心想青龍那樣的說法，也難怪天后會覺得是

在責怪自己。他多麼希望青龍可以在言行上，多用點心、多用點大腦、再多些溫柔，哪怕是多一點點也好，現場氣氛就不會這麼糟糕了。

這麼想的晴明，收青龍為式神已經五十多年了，從來沒見過那樣的青龍，所以他也知道，那是不可能實現的願望。

完全不知道晴明在想這些事的天后，被青龍催促著站起來。她的肩膀看起來更單薄了。晴明心想該怎麼辦？就這樣讓她去嗎？也許應該重新考慮人選。

「你們兩個等一下。」

正要離開的兩人又折回來了。

「我還是派其他人……」

這時候，出現了新的神氣。

「晴明，派我去吧！」神將勾陣站在用來採光而打開的板窗前，對天后爽朗地笑著，「我也好久沒來人界了。」

天后眨眨眼，看了青龍一眼。青龍瞇起了眼睛，那眼神似乎有話要說。

「我去不去都無所謂。」

「啊……可是……」

天后欲言又止，勾陣走過去，輕輕推著她的肩膀，眼睛看著晴明。

「我們走吧！天后。晴明，你沒有意見吧？」

「沒有，拜託妳了。」

晴明一副好爺爺的模樣，笑著揮揮手，勾陣和天后就隱形不見了。

留下來的青龍無聲地望著兩人消失的地方，但是，沒多久就回到室內坐下來，雙臂環抱胸前，背靠著柱子。

晴明看到他比平常粗魯的動作，張大了眼睛。

「你其實是想去嗎？宵藍。」

「不想。」

青龍嘴巴那麼說，卻擺出今天最臭的一張臉。

晴明面向矮桌苦笑起來，心想，他還真彆扭呢！

盯著攤開的信，老人把手按在嘴上。

信上說，女兒在黎明時被詭異的氣息驚醒，發現床帳外有兩個黑影往內窺探。女兒嚇得不敢出聲，在兩個影子消失前，心臟幾乎停止跳動，全身僵硬一直撐到黎明的第一聲雞叫。

等黎明的陽光照進來，她才放聲叫人。可能是精神鬆懈了，她頓時大哭起來，哭到剛剛才睡著。想盡辦法安撫女兒的參議大人，為了女兒的將來著想，就偷偷派人送信來了。

晴明思索著，既然妖魔無意動手，那麼只要佈設結界就行了。至於污穢，只要靠祈禱祓除。

問題是，在碰到這封信時，晴明的直覺就告訴自己大事不好了。

雖然毫無根據，但是從以前到現在，這樣的直覺救過他很多次。

他也很擔心紅蓮提到的黑色蠻蠻。

「是不是該把兩者聯想在一起呢……」

聽到他的低喃，青龍只把眼睛轉向了他。

陷入沉思好一會的晴明，忽然抬起頭來。

「有客人……」

沒多久，門外就有人大叫：

「請通報晴明大人！」

眨著眼睛的晴明，聽到刺耳的倉皇叫聲。

「請救救我們家小姐……！」

在賣水果乾的攤子買了幾樣東西後，彰子漫無目的地逛起了市集。

然而，表情不知道為什麼帶著陰鬱，有時候還會嘆氣，一發現神將在看她，就趕快裝出很有精神的樣子。

走到市集附近的河川，彰子蹲下來，望著水面。

玄武站在她旁邊，天一和朱雀隱形站在她背後。

彰子就這樣沉默了好一會。玄武輕聲問她：

「小姐，妳在煩惱什麼嗎？」

擠滿京城人們的市集人來人往，很是熱鬧，一個披著外衣的少女蹲在河岸，也不會引來任何人的注意。

在安倍家就不能這樣了。只要彰子悶悶不樂，昌浩就很擔心，晴明應該也會憂慮，露樹也會來關心她。

「對不起……不是什麼大事。」

「我看妳的表情，應該是什麼大事。」

彰子說不出話來，好像強忍著什麼。

「我們不是責備妳，只是希望妳能讓我們協助妳，因為妳是我們主人的重要客人。」

玄武的聲音像小孩子，卻很有大人的架式。嚴肅的措詞，與他的外表完全不搭調，但是彰子經常跟他接觸，所以並不會覺得突兀。
「我只是……作了可怕的夢，就只是夢。」
玄武眨了眨眼睛。
「原來是夢啊！」
「嗯，只是作夢，真的沒什麼。」
《小姐，妳的樣子看起來不像沒什麼，是什麼夢？》
站在背後的朱雀問。
彰子還感覺到站在朱雀身旁的天一的視線，咬了咬嘴唇。
有所謂「言靈」的存在。名字有詛咒的力量，不能隨便說出口。
所以，彰子不敢說出應該已經死亡的大妖魔的名字。
「回去再說吧！」
《可是，小姐……》
《朱雀。》
天一制止還要繼續說的朱雀，自己接下去說：
《知道了，彰子小姐，風愈來愈冷了，我們回家吧！》
彰子抬起頭。

不知不覺中，太陽已經快下山了。回頭一看，熙來攘往的市集已經少了很多人，變得寥寥無幾，半數以上的攤子都收攤了。

可見自己恍神了很久。

彰子急忙站起來說：

「真的呢！趕快回家吧……」

露樹阿姨一定很擔心，她不知道有神將們陪同。

不過，晴明也可能跟她說過。露樹阿姨是沒有靈視力的普通人，但是她也很清楚晴明手下的式神們。

在心中祈禱晴明有跟露樹阿姨說過的彰子，抱著紙包趕路回家。

從三条的市集到一条的安倍家，距離相當遙遠。現在是冬天，白天比較短，所以露樹阿姨交代過她，辦完事就要趕快回家，她卻沒聽話。

「回去要向露樹阿姨道歉才行……」

往一条走去的彰子，在地面上拉出長長的影子。

＊　＊　＊

男人抬頭看看西斜的太陽，揚起了嘴角。

是個面貌端正，身材高大瘦長的男人。身上穿著異國的漆黑長衣，額頭上有菱形印記，左眼下方有黑色圖騰。長到肩膀的頭髮捲曲，劉海蓋住了右眼。

「啊！差不多是時候了。」

在男人周圍的黑影迫不及待似的顫動著。

「我要把方士……」

「我要用爪子把那個可恨的方士……」

兩隻鳥妖的咒罵聲低沉而陰森，男人看著它們，嚴肅地說：

「放心吧！兩位，已經知道他的住處，現在只要稍微等待。」

「等不及了、等不及了！」

「沒錯，等不及了、等不及了！」

像唱歌一樣不斷重複的鳥妖張開雙翅拍振。翅膀颳起的強風把沙土吹得漫天飛揚，擊倒了無數的妖怪。

「鶚、駿，快住手，這裡不是你們使用妖力的地方，」猛然回頭制止的男人，轉向蹲踞在前方的龐大黑影拱手作揖說：「而且你們那麼隨便，會觸怒主人。」

「請主人饒恕！」

「請饒恕！」

黑暗中響起轟然咆哮聲。

「把方士帶來這裡！」

男人必恭必敬地點著頭。

「主人，交給我吧！」

接著，他猛然轉移了視線。

「但是，光那個年幼的方士還不夠——」

男人的雙眼亮起殘酷的光芒。

無數的黑影看到那光芒，立刻動了起來。

✖ ✖ ✖

4

坐落在左京綾小路與櫛小路交接處的宅院，是參議大人藤原為則的府邸，成親就是這家人的女婿。

雜役認得吁吁喘著氣、肩膀上下抖動的昌浩，立刻把他請進了府邸。

從進入大門到走進屋內，昌浩的呼吸還是很急促，而且汗流浹背。

「請進啊！」

被帶路的侍女催促，昌浩才悄悄走進房內。

躺在床鋪上，只裸露著上半身的成親，正在換繃帶。

「喲，你來了啊！小弟……幹嘛那種表情？」

大哥成親臉色蒼白地抿嘴一笑。

昌浩看到他那樣子，當場癱坐下來。

「啊，大哥……！」

「比我們想像中好多了嘛！」

坐在昌浩肩上的小怪像要把肺吐空似的喘口大氣，喃喃說著。

成親瞇起眼睛，把嘴巴撇成ㄟ字形。然後，拜託正在換繃帶的妻子先離開一下。

「成親。」

妻子輕輕瞪他一眼，他舉起一隻手說：

「沒關係，妳去倒杯水給這傢伙吧！」

「啊，不用了，不必麻煩……」

妻子看一眼慌張的昌浩，心不甘情不願地站起來，她知道成親是要暫時支開她。

「昌浩，不能待太久哦！」

昌浩不知道該怎麼回答，只是猛點著頭。

侍女們好像也都跟著夫人一起離開了，氣息逐漸遠去。

成親檢查過繃帶後，把手穿過袖子，不由得皺起眉頭，呻吟了一下。

「哥哥！」

昌浩緊張地大叫，成親擺出不用擔心的姿態，對白色小怪說：

「對不起，騰蛇，我有點挺不住。」

小怪眨眨眼睛，從昌浩肩膀跳下來。

「小怪？」

「我去外面聽，待在這裡怕影響傷勢。」

「咦？」

小怪甩甩尾巴，鑽出簾子，走到廂房。

成親其實也很怕神將騰蛇，平常都是強裝鎮定面對他，受傷後就很難那樣硬撐了。

這些小怪都知道，所以照成親的意思去做。

「聽說你被妖怪襲擊了？」

「沒錯，是從來沒見過的怪物，我勉強擊退了它，但是沒能殲滅它。」

昌浩驚訝地皺起眉頭。

「從來沒見過……？」

「天很黑看不清楚，長得就像這樣的牛。」

成親在胸前比畫。

「咦？」

昌浩的心臟撲通撲通跳起來。

從來沒見過的黑色妖魔，不就跟自己昨晚遇到的一樣嗎？

「它往我衝過來，用角頂我……老實說，我覺得可以逃過一劫，純粹只是運氣好。」

它的妖氣就是這麼強烈。

受傷後，成親強撐著施放攻擊咒文，勉強奏效，才能死裡逃生。

出生於安倍家的成親也會陰陽術，在京城的術士中，算得上是一流。在昌浩出生前，幾乎所有人都認定他就是晴明的接班人。

「我應付不了那個妖魔，本想早點通知你，可是……那傢伙哭得唏哩嘩啦，害我不知道怎麼辦才好。」

成親說得咳聲嘆氣，昌浩想起了大嫂剛才那張臉。

結婚前被稱為「竹取公主」、以美貌聞名的大嫂，哭得眼睛紅腫。

傷口血流不止，繃帶很快就濕透了，都是妻子邊哭，邊獨自替成親更換繃帶。

還不停地說不准成親死掉，聲音虛弱得一點都不像平常的她。

因為失血過多而意識不太清楚的成親，還要安慰她沒事，叫她不要哭。

現在，傷口也還沒有完全止血，只是用繃帶緊緊纏住，一動就又會出血。

「很不巧，止痛符和止血符都用完了。昌浩，等一下麻煩你告訴昌親，請他拿來給我。」

我也還不想死呢！成親這麼嘀咕著。昌浩緊張地說：

「不要說這種話，哥哥，太不吉利了。」

「對哦！言靈、言靈。」

成親把手按在嘴上，像在警告自己不能說、不能說，然後辛苦地躺下來。

「對了，還有血的污穢，麻煩你離開前先進行修祓儀式②，回去再請個凶日假齋戒淨身。」

這時候，簾子後方響起不以為然的語調：

「現在哪有空請凶日假？你別開玩笑了。」

只聽到聲音不見人影的小怪，好像有點生氣。

「就是說嘛！」昌浩也大表贊同。

成親把被子拉到胸口，發出嘆息，非常認真地說：

「不管是什麼妖魔，它的目標應該是我。」

昌浩倒抽一口氣。

「哥哥，你是說……」

「嗯，妖魔好像提到靈力之類的事，芳彬是一般人，所以它的目標毫無疑問是我。」

呆呆望著成親的昌浩，忽然聽到一個聲音。

《你真倒楣呢！成親。》

昌浩眨眨眼睛，東張西望。

從簾子後面傳來的聲音顯得很驚訝。

「真難得見到你呢！太裳。」

隱形的神將太裳在昌浩身旁現身。

太裳優雅地坐下來，文靜的臉上有一絲絲的擔憂。

「晴明剛接到通知，非常生氣呢！」

成親苦笑地回他說：

「我想也是，因為輸給了異形。」

但是，太裳平靜地搖搖頭說：

「不，他是氣這件事最後才通知他。」

「啊？」

意想不到的成親瞠目結舌，太裳沉著地說：

「他很擔心你，其實是想自己來看你，又怕造成你的負擔，就派我來了。」

太裳說著，遞出手上的包裹。

「這是晴明叫我帶來的。」

成親張大嘴巴看著包裹。

「這種時候才……」

「怎麼樣？」
「才知道爺爺其實是愛我的，他是個很難捉摸的人，所以我一直都很懷疑他到底愛不愛我。」
聽到哥哥這麼說，昌浩瞬間望著遠處發呆，心想：「啊！我太了解那種感覺了。」
太裳從表情看出他們兩人在想什麼，滿臉無奈地說：
「你們兩個到底把晴明想成什麼了……」
成親慌忙轉向昌浩說：
「昌浩，打開來看看。」
「啊！是……」
昌浩接過太裳手上的包裹，打開一看，裡面滿滿都是剛做好的止痛、止血符。
成親看到就更感歎了。
「哇！爺爺真好，會不會下矛雨啊？」
「我也覺得會。」
昌浩呆呆地點著頭，太裳嘆口氣說：
「你們兩個說話都很毒耶……不過，還有精神油嘴滑舌，就不用擔心了。」
「說得也是，你就這樣告訴大家吧！」

「知道了。」

太裳鞠躬行禮，無聲地站起來。

「那麼，我告辭了。」

視線轉向簾子時，太裳驚訝地眨了眨眼睛。

「騰蛇，你怎麼在那裡？」

「因為我不想打攪他們兄弟的感動重逢。」

看到小怪插科打諢，太裳只是笑笑就隱形了，神氣也瞬間消失。

太裳就是這樣，像風般降臨，又像風般離去。

昌浩把符咒放在矮桌上，偷窺成親的模樣，發現他的氣色比剛才更差，可能已經撐到極限了。可見傷勢應該很嚴重，他只是靠裝輕鬆來掩飾。

「哥哥，我該走了。」

「嗯，對不起。」

昌浩一站起來，成親就喘口氣閉上了眼睛。

第一次看到他這麼虛弱的模樣。

小怪跑到悄悄離開房間的昌浩身旁說：

「昌浩，在這府邸佈設結界。」

「咦？」

夕陽色的眼睛看起來忐忑不安。昌浩抱起掛慮著參議府的小怪，向前走去。

「小怪，那是……」

「漆黑、像牛的妖魔，不就是獓狃嗎？」

昌浩點點頭說：

「嗯，我也這麼想。」

跟昨晚遇見的黑色蠻蠻一樣，獓狃也復活了。

「成親說只是擊退它而已，所以很可能再來襲擊。」

昌浩覺得胸口發冷。這裡住著大嫂、孩子們，還有參議夫婦和許多家僕。

「嗯，我知道了，可是……」

昌浩咬咬嘴唇，欲言又止。

如果襲擊成親的妖魔真的是獓狃，而且又闖入這府邸，就算昌浩佈下結界，恐怕也很快就會被破除。異邦妖魔的妖力就是這麼強大。

小怪從昌浩的手爬上他的肩膀，再移到另一邊肩膀，甩甩耳朵說：

「真是失策，不該讓太裳離開的。」

昌浩不解地眨了眨眼睛，小怪舉起前腳，半瞇起眼睛說：

「因為那小子的結界比天一和玄武更堅固。」

啐地咂咂舌後，小怪轉向背後。

「六合。」

《是。》

小怪又轉向昌浩說：

「讓六合先留在這裡，等人來接替。昌浩，你佈設完結界後就趕快回去。」

「嗯，知道了。」

這時候，大嫂回來了。

「昌浩，成親呢……」

「他睡著了。」

「哦……」大嫂似乎打從心底鬆了一口氣，疲憊地笑笑。「他的能力明明不輸給陰陽寮的陰陽師們，卻老是嘻皮笑臉地說自己只適合做曆表，一定是因為這樣遭天譴了。」

「大嫂……」

「對不起，剛才對你說話那麼不客氣。可是，不那樣的話，成親就會……」

昌浩點點頭，笑著安撫大嫂說：

「我知道，大嫂，等他傷勢穩定後，妳也要好好休息，要不然國成他們也會擔心。」

大嫂眨了好幾下眼睛，噙著淚水，喃喃說著是啊。

「那麼，我失陪了。」

這麼回應鞠躬行禮的昌浩後，大嫂就進了成親的房間。

昌浩透過簾子的縫隙窺視房內，看到大嫂坐在成親床邊，成親把手伸向了她的臉，安慰似的撫摸著她，昌浩慌忙轉身離開。

看到昌浩突然匆匆往前走，小怪疑惑地問：

「你怎麼了？昌浩。」

「沒什麼……就是……」

小怪直盯著昌浩，聳聳肩，苦笑起來。

「你還真是個孩子呢！晴明的孫子。」

「少囉唆，你這個怪物。」

小怪半眯起眼睛說：

「我不是怪物，晴明的孫子。」

「不要叫我……」

忽然想到在這裡大吼，很可能傳到成親房間，昌浩不甘願地閉起了嘴巴。

過二条後，彰子稍微放慢了腳步。

到這裡就很接近安倍家了。

《小姐，我揹妳吧？》

朱雀不忍心看她微微喘息的樣子，這麼提議，但是彰子搖頭說：

「謝謝，可是不用了，就快到了。」

陪著彰子快步走的玄武，在泰然自若的表情下有著淡淡的憂慮。

「可是，小姐不久前才開始來市集，很少像這樣靠自己的腳走路吧！我也覺得最好不要勉強。」

看玄武說得那麼嚴肅，彰子苦笑起來。

「你說得沒錯……可是，總不能永遠依靠大家吧？我想跟昌浩一樣，自己走。」

自己不再是當代第一大貴族的千金了，而是下層貴族安倍家的遠親，安倍家的人都是徒步行動。除了偶爾會有人派牛車來接外，都是靠自己的腳走路。

《可是，昌浩都是搭車之輔到處奔波啊！》

彰子開朗地回朱雀說：

「那是因為昌浩必須在有限的時間內辦很多事吧？要不然，據我所知，他也會自己走路。」

可以感覺到，隱形的朱雀舉雙手投降了。

「沒想到會被小姐說得啞口無言。」

玄武板起臉嘀咕著，朱雀也一樣，天一微微苦笑著。

大約可以感受到神將們這些表情的彰子，在內心自言自語起來：

沒關係，有大家陪著我，而且，昌浩也發過誓會保護我。

那可怕的聲音只是夢。對了，請晴明教我不再作惡夢的咒語吧！這樣大家就不會再為我擔心了。

才剛這麼決定，彰子就停下了腳步。

玄武疑惑地看著突然停下來的彰子。

「小姐，怎麼了？」

站立不動的彰子，把眼睛張大到不能再大了。

她的肩膀劇烈顫動，手上的包裹也滑落下來，她卻沒有察覺，臉色愈來愈蒼白。

因為狀況太不尋常，朱雀和天一都現身了。

「小姐、彰子小姐，妳怎麼了……」

「彰子小姐？小姐，妳醒醒啊！」

然而，神將們的聲音都進不了彰子耳裡。

只有那可怕的聲音在耳邊迴盪。

「……回……應……」

心跳撲通撲通加速的同時，右手背上的扭曲傷疤也開始產生刺痛。

「快……回應……」

彰子大口喘著氣，全身顫抖地四處張望。

朱雀追隨著她的視線，赫然屏住氣息，握住了背上的大刀。

「……什麼……?!」

從空無一物的地方，冒出了一團黑暗。

太陽幾乎完全下山了，周遭暮色蒼茫。但是，看彰子長長往東延伸的影子就知道，離黑夜還早，還看得到影子。

從黑暗中發出來的恐怖呼喚會攫住人的靈魂，讓靈魂凍結。

「女孩啊……回應我……回應我的聲音！」

像腳底生了根般動彈不得的彰子，只退後了一點點。

這聲音是……

全身血液往下降，心跳聲在耳邊撲通撲通響個不停。有個聲音告訴她：

——絕對不可以回應。

彰子蠕動嘴巴，在嘴裡叫著「昌浩」。

聲音卡在喉嚨深處，發不出來，連要喊他的名字都做不到。

「天貴，小姐交給妳了！」

揮著大刀的朱雀一聲令下，天一立刻抓住了彰子的手。

「小姐，到這邊來！」

「妳逃不了的！」

纏繞的黑暗爆開來，從裡面出現的是漆黑的大妖，而不是那隻金、黑色條紋的妖魔。

大妖展開背上那對大鷲般的翅膀拍振著。

颳起的強風形成龍捲風，撲向擋在前方的朱雀和玄武。

揮著大刀將衝擊反彈回去的朱雀，全身冒出冷汗。

他曾經跟這隻大妖對峙過，毋庸置疑，就是同樣的妖氣。

「窮奇……！怎麼可能！」

「不會吧！昌浩已經在水鏡下的異世界把它殲滅了啊！」

聽到玄武大驚失色的話，漆黑的窮奇獰笑著說：
「為了把那個方士千刀萬剮……我又復活了！」
看到窮奇大大張開翅膀，玄武立刻掃視周遭一圈。
這裡是京城，如果大妖暴動起來，會造成很大的損害。
「我們要的是那個女孩，你們滾開！」
龐大的妖力隨著怒吼爆發，玄武也在同時迸射出通天力量。
「唔……」
不是為了保護自己人，而是築起保護牆，將漆黑窮奇的力量封在牆內。
朱雀看出玄武的意圖，在結界成形前就跳進了裡面。
「朱雀?!」
「玄武，你去通知晴明！」
張開雙腳穩穩站在狂亂妖氣中的朱雀，將大刀對準妖魔眉間。
「把騰蛇或青龍找來！我先擋一陣子！」
玄武瞠目結舌，波動牢籠震盪著。
連騰蛇與六合都曾跟窮奇苦戰，而且，這隻漆黑的窮奇，妖力又比當時強大許多。
「朱雀！」

「快去！拜託你了，我擋不了多久。」
朱雀偏頭看了驚慌的玄武一眼，揚起嘴角笑著。
玄武握起拳頭，轉身離去。

黃昏是逢魔時刻。
彰子在天色逐漸昏暗的京城全力奔跑。
因為被那可怕的大妖擋住去路，只好跑向跟安倍家相反的方向。
天一拉著彰子的手，心中懊惱不已。如果自己會飛，就可以乘著風，把彰子送回安倍家、送回晴明身旁。
「希望太陰或白虎會來……」
或是晴明會察覺這股妖氣，她一心這麼祈禱，不顧一切往前衝，只想讓兩人儘可能遠離現場。
沒多久後，她發現異狀，四下張望。
她們現在的位置不明，但是應該沒有脫離西洞院大路。
儘管是逢魔時刻，天色並沒有完全暗下來，為什麼行人都不見了？
天一張大眼睛，停下腳步。被拖著跑的彰子也跟著停下來，呼吸急促地看著天一，不安地眨了眨眼睛。

一股寒意扎刺著天一的肌膚，風中飄蕩著邪惡的氣息。

「糟了……」

被關進結界裡了。

天一邊掩護縮成一團的彰子，邊觀察周遭狀況。

「天一……」

彰子臉色發白，天一堅定地對她說：「小姐，我會保護妳。」

不惜犧牲生命。

就在她暗自這麼發誓時，耳邊響起拍振翅膀的聲音。

冬天，天很早就黑了，已經轉為紫色的天空中出現兩個身影。

跟剛才的窮奇一樣，被黑暗纏繞的身影朝著彰子與天一飛過來。

目瞪口呆的彰子盯著那兩個身影，不停地喘著氣。

「那是……！」

纏繞的黑暗剝落，從裡面出來的是以前把彰子帶去貴船的兩隻鳥妖。

「喲！女孩，妳在這裡啊？」

「女孩，今晚一定要把妳獻給我們主人。」

從彰子按住嘴巴的手指間溢出慘叫聲。

天一把彰子擋在背後，築起保護牆，不讓鶚與駿靠近。

衝過來的鳥妖鶚與駿被彈飛出去，但是，很快就在半空中重整姿勢，又繼續以妖力攻擊天一的結界。

遭受接連不斷的攻擊，結界大大扭曲變形，力量逐漸減弱。

「朱……朱雀！」

下意識喊出這個名字的天一，使出了渾身力量。鳥妖們振翅颳起的妖力狂風，不斷襲擊保護牆。每襲擊一次，天一的臉就痛苦得扭曲變形，最後終於單腳跪了下來。

「天一！」

聽到彰子慘叫般的聲音，天一強撐著回應：「沒關係，我還好……」

但是，結界遲早會被攻破。

無論如何都要想辦法讓彰子逃走，問題是，該怎麼做呢？

她們被困在鳥妖們佈下的結界裡，要脫離結界，力量必須凌駕這兩隻鳥妖。

在頻繁的攻擊下，天一的保護牆終於出現了細微的龜裂。看起來就像蜘蛛網的龜裂劈唏劈唏作響，逐漸擴散，滲進了濃烈的妖氣。

「妳死定了！」

鶚的宣言與駿的大笑交疊。兩隻鳥妖放射出來的妖氣，擊碎了保護牆。

衝擊襲向天一和彰子。

天一抱著彰子蜷縮起來，替彰子擋住衝擊。強烈的妖氣奔流打在天一的背上。

兩人發出慘叫，被遠遠彈飛出去。

「鶚、鶚呀！幹得好，終於去除了阻礙。」

「哦！駿，把女孩帶去給我們的主人吧！」

「為了我們的主人。」

「為了我們的新主人。」

遍體鱗傷的天一微微張開眼睛，喃喃唸著：

「新的主人……？」

鶚和駿以前都是窮奇的手下。

難道是什麼其他威脅又降臨世間了？

在天一懷裡的彰子稍微動了一下。

「……唔……」

因為神將的捨身掩護，彰子沒有受傷，只是衝擊過大，有點暈眩而已。

「小姐……妳沒事……太好了。」

天一鬆了一口氣，但是表情很快就變成痛苦掙扎。

「天一……！對不起，我……」

看到彰子哭喪著臉，天一輕輕搖搖頭說：「不是妳的錯。」

天一靠手肘用力撐起上半身。

飛下來的鳥妖們步步逼近了。

天一毅然地抬起頭、張開雙手，直直瞪著鳥妖們，同時做了好幾次深呼吸。

非保住彰子不可，否則會對不起把彰子委託給她的晴明。

「神將，讓開。」

「快讓開，神將，妳太弱了、太弱了，弱得可笑。」

鳥妖們像唱歌一樣鳴叫著，然後張開了雙翅。

「殺了她——！」

天一不由得閉上了眼睛。

就在這一剎那——

響起玻璃碎裂般的聲音，妖魔們佈下的結界破裂、粉碎了。

「什麼?!」

鴉驚愕地大叫，一旁的鵔也淒厲地咒罵：

「妳……！」

彰子緩緩轉移視線。

幾個身影背對著即將沉沒的太陽佇立著，然而，視線被最後的逆光與夜色遮蔽，看不清楚是誰。

以慢動作回過頭的天一皺起臉來，幾乎快哭了出來。

「……啊……」

其中一個身影俐落地拔起插在腰間的兩把武器。

「你們這樣對待我的同袍和小姐，我會讓你們以身償還！」

筆架叉的劍身閃耀著銳利的光芒，照亮了笑容陰冷的神將勾陣的臉。

小怪的陰陽講座

②修祓儀式是一種驅邪淨化的儀式。

5

握著筆架叉的勾陣頭也不回地說：

「太裳，天一和彰子小姐交給你了。」

「是。」

太裳點點頭，站在他旁邊的天后壓抑不住烈火般的憤怒，全身冒著神氣。

「竟敢把天一……！」

從她高舉的雙手間湧出波濤漩渦，襲向了鳥妖們。

「可惡！」

鶚怒吼著拍打翅膀，嚎叫的鵔也從全身迸射出妖力。

勾陣踏地而起，高瘦的身軀瞬間逼近了鶚。

「什麼?!」

驚愕的鶚被筆架叉一刀砍斷了一隻翅膀。

慘叫著滿地翻滾的鶚，掙扎著重整姿勢，又撲向了勾陣。

無數的羽毛化為刀刃，隨著怒吼被放射出來。勾陣揮舞手中的筆架叉，彈開所有羽

毛刀刃，迸放神氣轟炸鳥妖。

與駿對峙的天后就有點陷入苦戰了，她用眼角餘光看到勾陣與鶚的對戰，深深感到懊惱。

自己的力量實在太單薄了，這樣下去會拖累勾陣。更糟的是，太裳沒有戰鬥能力，天一也沒有，而且已經遍體鱗傷了。

「怎麼了？神將，憑妳這點能耐，連我的一隻翅膀都傷不了哦！」

摻雜著嘲笑的怒吼震響，天后氣得大叫：「住口！」

水的波動化為矛戟，射向了駿，然而駿不費吹灰之力就閃開了，還瞬間逼近天后，用爪子抓住天后的頭和上半身，把她壓倒在地上。

「……唔……」

「太弱了、太弱了！我要挖出妳的眼睛，吃掉妳的頭！」

「天后！」

聽到同袍的叫喚，天后只轉動眼睛說：「不要管我，勾陣！」

一分心就會出現破綻。異邦妖魔是強大的敵人，這些鳥妖的力量又比以前增強許多，絕對不能掉以輕心。

天后使出渾身力量推開駿，以最快速度爬起來。

「妳……！」

「不要小看十二神將。」

從天后的右手掌心噴出水的波動。

被太裳抱起來的天一努力擠出聲音說：

「太裳……你們怎麼會……」

「我去替晴明辦事，在回去的路上碰到勾陣她們。」外表溫文儒雅的年輕人瞥了一眼正在激戰中的兩名同袍，沉著地說：「我們正要繼續往前走時，忽然感覺到一股異樣的氣息。勾陣找到被巧妙隱藏的妖氣，我立刻用我的結界去衝撞它們的結界……幸好還來得及。」

然後，太裳轉向彰子，微微一笑說：

「小姐，妳沒受傷吧？有天一的捨身保護，應該不會有事。」

看到彰子不安的眼神，太裳眨了眨眼睛。

「啊！真是失禮了，我是十二神將之一的太裳，請記得我哦！」

對著疑惑的彰子微笑、和藹可親的年輕人，忽然抬起了頭。

「喲！有人來助陣了。」

咦？彰子訝異地轉移視線，看到愈來愈深的黑暗中，出現了另一個身影。

青龍滑入搖搖欲墜的天后與張開翅膀的駿之間，爆出神氣。

太裳趕緊護住天一和彰子，避開爆風。

「也稍微替自己人想想嘛……」

「少囉唆！」

挨罵的太裳聳聳肩，嘆了口氣，喃喃自語地說：

「從以前我就一再告訴你，那樣說話無法傳達你真正的心意，你卻還是改不了，真是可悲啊……我要向天空翁報告。」

情況這麼緊急，太裳卻還能說出那種無關緊要的話，彰子不禁茫然地看著他。而且，太裳看起來還真的是打從心底悲嘆著。

美麗的臉龐因痛苦而扭曲的天一平靜地開口說：

「太裳，先別管那些了……」

「怎麼了？天一。」

「是窮奇……是那個窮奇……」

太裳的表情這才緊繃起來，瞥一眼漆黑的鶚和駿，正經八百地確認：

「真的是窮奇？」

天一緩緩地點著頭。

「朱雀……正在對付窮奇……」

「我知道了，接下來交給我處理。」

光這樣，太裳就點頭表示聽懂了。天一露出安心的微笑，頓時覺得全身虛脫，閉上眼睛，無力地垂下了頭。

「天一！」

彰子大驚失色，太裳沉著地說：

「放心，她只是一下子鬆懈了，在異界靜養一段時間，很快就會復元。」

彰子聽了只能點頭，覺得太裳說的話，有著安撫人心的奇妙魅力。

太裳閉上了眼睛。

《——翁，天空翁，翁呀！請回應……》

玄武佈設的波動牢籠已經快瓦解了。

傷痕累累的朱雀，靠意志力支撐著。

漆黑的大妖擋在他前面。

朱雀淡淡一笑，瞇起眼睛說：「可惡，果然不好應付。」

淒厲的妖氣成為無形的盔甲，不管朱雀怎麼攻擊，都會被擋開。

「難怪連昌浩、騰蛇和六合聯手，都陷入了苦戰。」

忽然，他覺得頸子一陣涼意。

急忙掃過的視線，看到大妖魔窮奇瞬間縮短距離，爪子揮了過來。

「我要吃了你——！」

沒多久就聽到刺耳的吼叫聲，朱雀心頭發寒，沒能躲過攻擊。

雖然反射性地往後退，還是被窮奇的爪子抓住了喉嚨。風在耳邊颼颼咆哮著，可以清楚看到異形閃閃發亮的眼睛。

逃不掉了。

就在本能這麼反應時，響起尖銳的聲音。

「——禁！」

將朱雀與窮奇隔開的五芒星，綻放著耀眼的光芒。

「唔啊啊啊啊啊……！」

朱雀盯著滿地翻滾、痛苦呻吟的窮奇，單腳跪了下來，以大刀支撐著身體，不自覺地吐了一口大氣。

「……晴明……」

施行離魂術而以年輕姿態出現的晴明，嚴厲地瞪著窮奇。看到這樣的晴明，朱雀鬆口氣，笑了起來。

「玄武回去了？」

「嗯，他正在看管我的本體。放心吧！我已經派青龍去救彰子和天一了。」

「那就好……」

朱雀這麼喃喃說完，就兩腳著地，跪了下來。

晴明皺起眉頭。

「朱雀?!」

朱雀搖搖手，表示自己沒事，試著撐起膝蓋。

「我只是一下子鬆懈下來而已，傷勢並不嚴重，可是……」朱雀瞪著窮奇，自言自語似的說：「怎麼會這樣呢？窮奇不是被昌浩殲滅了嗎？」

「是啊！」

晴明神情緊張地點著頭時，窮奇突然張大了翅膀，邪惡的雙眸遙望著遠方。

「方士、方士……！」

狂亂的窮奇振翅準備起飛，往上飄浮的身體迸出妖氣。

「糟了！」

晴明和朱雀都被妖氣的龍捲風纏住，無法採取任何行動。

「找到方士了！」

大妖發出怒吼聲，拍振著翅膀，飛向遠方。

忽然，它的身體像是被困住了。

一個莊嚴的聲音壓過龍捲風的呼嘯聲，灌入晴明和朱雀耳裡。

《休想逃，大妖！》

舉起手臂遮住臉的晴明，從縫隙間偷窺窮奇的模樣。

跟晴明一樣只張開一隻眼睛的朱雀，一邊盯著被看不見的網困住的窮奇，一邊尋找應該就在附近的身影，卻什麼也沒看到，可能是保持隱形，沒有現身。

「放開我！放開我！」

不管大妖怎麼掙扎，捆綁大妖的神氣都文風不動。

「天空，就這樣困住它！」

朱雀使出僅存的力量，揮起大刀。

「喝！」

氣勢十足地吶喊著，同時踏地而起的朱雀，將大刀用力插入了被困住的窮奇背上。

「哇啊啊啊！」

慘叫聲震天價響，爆發出最後的妖氣。

「唔……！」

朱雀被妖氣彈飛出去，連滾好幾圈。勉強接住他的晴明，也跟著他在地上滑行了一段距離。

跟朱雀一樣全身沾滿沙土的晴明，邊調整呼吸，邊緩緩站起來。朱雀也喘得上氣不接下氣，按著疲軟的膝蓋站起來。

困住大妖魔窮奇的神氣網無聲地消失了。

《晴明，解決它。》

十二神將的天空發自丹田般渾厚有力的聲音，在耳邊響起。

晴明走向窮奇。瞪著逼近的人類、全身微微顫抖的大妖，突然獰笑起來。

「唔……」

漆黑的窮奇注視著倒抽一口氣的晴明，叫囂般地撂下話說：

「方士和那個女孩……都會落入我們手中……」

「不要說蠢話！」

晴明嚴厲駁斥，打出手印。強烈的靈力，從手印放射出去。

窮奇絲毫不為所動，又繼續說：「太遲了，太遲了……可憐的方士、愚蠢的方士……還是乖乖把你自己獻出來吧……」

儘管被死亡的鎖鏈綁住，窮奇還是很開心似的咯咯竊笑著。

「方士、你，還有那些十二神將的末日就快到了……那小子會把你們統統……」

晴明望著窮奇，露出不安的眼神。

「什麼……？」

「很遺憾……方士……我看不到你嚇得扭曲變形的臉……看不到你震驚絕望的樣子……我看不到了……」

窮奇不是望著眼前的晴明，而是對著不在現場的昌浩，喃喃唸著詛咒般的言靈。

朱雀厭惡地皺起眉頭。

「真是陰險狠毒，言靈的每一個字都那麼強烈，很少見呢！晴明。」

年輕晴明嚴肅地點點頭，閉上了眼睛。

「——雷灼光華，」晴朗的夜空中閃過一道雷光，「急急如律令！」

打在朱雀大刀上的雷光順著刀身往下滑，貫穿了漆黑的大妖。

被銀白色閃光包住的妖魔，在雷電灼燒中崩潰、瓦解。

晴明和朱雀都站在原地不動，直到窮奇崩潰瓦解的身軀，連僅存的殘渣都被風吹得灰飛煙滅。

《朱雀，這是怎麼回事？》

天空低聲詢問，朱雀搖搖頭，撿起滾落地上的大刀，不悅地看著霧濛濛的刀身。用手背一抹，抹過的地方就恢復了光亮。

「我也不清楚……它就突然跑了出來……」

說到這裡，朱雀張大了眼睛，不發一語就要轉身離去，但是腳步沒踩穩而差點跌倒，趕緊把大刀當成枴杖，撐住身體。

「等等，朱雀。」

晴明伸手阻攔，朱雀一把揮開他的手，驚慌失措地說：「我要趕去天貴那裡！」

他必須盡快趕到所愛的人身旁，消除她的不安，否則，她會非常擔心與窮奇對峙的自己的安危。

但是，與窮奇交戰消耗了朱雀太多的神氣，他還沒走幾步路，膝蓋就無力地彎下來了。

晴明把朱雀的手臂繞到自己的肩上。

「笨蛋，起碼這時候請我幫個忙嘛！」

「晴明……」

晴明對愁眉苦臉的朱雀點點頭。

接著他將視線掃過一圈，尋找隱形的天空。

但是，完全感覺不到神氣。

這樣找了一會，晴明低聲嘆口氣說：「原來你只是從異界傳來了神氣？」

天空的結界能力，在十二神將中最為強大。即使人不在現場，也能在短時間內困住那樣的大妖魔窮奇。

「要不然，他怎麼能鎮住紅蓮呢？」

只有他可以鎖住十二神將中最強、最兇、最酷烈的神氣，但是，也不能長久鎖住。其他神將的通天力量，與紅蓮之間就是有這樣的絕對差距。

《是的。》

待在異界的天空，簡短回覆了年輕晴明的話。晴明用肩膀撐住比自己高的神將，輕輕嘆口氣，皺起了眉頭。

窮奇最後撂下的話，像小小的芒刺扎在晴明心頭。

──那小子會把你們統統……

「那小子是……」

以漆黑模樣復活的異邦妖魔窮奇，最後說的那小子，究竟是誰呢？

在夜晚迫近的天空，有兩個影子俯瞰著所有經過。

因為巧妙地躲在黑暗中，完全隱藏了氣息，所以晴明和朱雀都沒發現。

「沒出現啊……」

懊惱的聲音消失在風中。

忽然，響起輕微的振翅聲。

「怎麼了？越影。」

翻羽轉頭看著越影，越影卻看也不看它一眼就飛走了。

「到底怎麼了？難道是……踰輝？」

恍然大悟的翻羽也趕快振翅飛起。

在逐漸被黑夜佔據的天空飛馳的翻羽，閉上了眼睛。

「踰輝……踰輝，這次我一定會把妳救出來……！」

唯一的線索，就是妳最愛的薰香，妳一定會把心寄託在我送妳的薰香上。

「我曾發誓會守護妳，卻沒做到……」

最後聽到的哀叫聲，依然在腦中繚繞不去。

膽小、怕寂寞，總是跟在我們後面的妳，被那隻可怕的大妖帶走了。

「我一定會……！」

這次，我一定會實現我的諾言，守護妳、守護妳的心。

✖ ✖ ✖

原本閉著眼睛的男人猛然抬起頭，嘆了一口氣。

「失敗者果然永遠是失敗者……」

有個黑影在男人身後蠢蠢蠕動。

「——鳴蛇啊！」

男人轉過身，必恭必敬地單腳跪下。

「是！」

隱藏在黑暗中的黑影，雙眸有如燃燒的火炬。

「那個方士，還有被那傢伙盯上的女孩……」

鳴蛇聽出這句話裡混雜著殘忍的笑意，嚴謹地回應說：

「交給我處理吧！主人。」

✖ ✖ ✖

在太裳的扶持下站起來的彰子，心驚膽戰地看著鳥妖與神將們的交戰。

那是很久以前，煽動過遠親藤原圭子的異邦妖魔。力量如此強大，難怪昌浩他們那時候會陷入苦戰。

現在，勾陣、青龍和天后三人聯手應戰，也是陷入膠著狀態。

橫抱著天一的太裳瞥了一眼與鳥妖對峙的同袍們。

「這樣下去，會危及附近地方……沒辦法，」太裳平靜地對意識模糊的天一說：「天一，我知道妳很難過，可是請等我一下……彰子小姐，」太裳轉向驚愕的彰子，輕輕放下手上的天一，對彰子說：「對不起，請先幫我看著她。」

「咦？」

一頭霧水的彰子跪下來，撐住天一的上半身。

太裳微微一笑說：「啊，不用這麼擔心，我只是去幫勾陣他們。」

他謹慎地四下張望，確認是否有危險，發現除了鳥妖們的妖氣外，目前沒有感覺到其他妖氣。

單腳著地，把右手放在地面上的太裳，用左手壓住袖子，放聲大叫：

「勾陣、青龍、天后！」

三對眼睛都轉向了太裳。

太裳一本正經地接著說：「讓人類看到不太好，所以我要把你們跟妖魔一起封入結界裡，你們好自為之啦！」

看他說得輕鬆自若，說的話卻十分壯烈。

「分明是想把麻煩都推給我們嘛，你這傢伙……！」

青龍臉色難看地嘀咕著，太裳搖頭否認說：

「這樣下去，你也不敢使出全力吧？更別說是勾陣了……」

青龍不高興地揮揮手，意思是隨便太裳要怎麼做。太裳再轉向天后，她用緊張的視線表示同意。

「那麼……」

從太裳全身迸出來的神氣，就像從他身上吹起的涼風，向四面八方擴散。

扶著天一的彰子，頭髮也隨風擺動飄逸。她以眼角餘光掃過頭髮，才發現披在身上的衣服不見了，大概是逃跑時，不小心掉在哪裡了。那是露樹阿姨的衣服，該怎麼向她道歉才好呢？

正想著這些事時，一陣風在她身後飄落。

她反射性地回過頭，看到纏繞著黑暗的黑影，比黑夜還要漆黑。

黑影的外型出現了變化，原本纏繞著黑暗也看得出是野獸的形體，瞬間轉變成人類的模樣。

彰子倒抽了一口氣。

轉變成人類模樣的異形，拿著彰子不知掉落在何處的衣服。

纏繞著異形的黑暗化開來，從裡面出現的年輕人，年紀看起來跟十二神將的六合或青龍差不多。

他身上穿的是異國的衣服。太裳的衣服也充滿異國風味，但是，異形的衣服下襬比較短，袖子的形狀也很怪異。長及腰間的頭髮又直又順。蓋到眼睛的劉海長短不齊，遮住了半邊臉。雙眸深邃，閃爍著教人心動的光芒。

異形像在確認什麼，一步步靠近看得出神的彰子。

沒多久，跟神將一樣高大的年輕人，單腳蹲下來配合彰子的視線高度，把手伸向了彰子。

「……踰輝？」

就在異形的手快碰到彰子的臉時，波濤般的矛戟咻咻飛了過來。

彰子回過神來，偏過頭往後看。

原來是天后發現異狀，在太裳佈設的結界封閉之前衝了出來，滑入了彰子與異形之間。

異形兇狠地瞪著氣喘如牛地擋在中間的天后。

「讓開……！」

天后毅然面對低聲咒罵的異形說：

「我不會讓你碰小姐和天一一根寒毛……你是……?!」

天后雙眉緊皺，瞠目結舌，異形似乎對她這樣的表情感到疑惑。

「這妖氣……原來出現在參議大人家的是你?!」

異形屏氣凝神。天后的波濤漩渦襲向了它的胸口。雖然被猝然的攻擊嚇到，但是年輕人還是勉強閃過了天后的襲擊，向後跳離好幾步。

衣服從年輕人手上滑落下來。

「你逃不了的！」

天后繼續放射波濤矛戟，年輕人邊與她拉開距離，邊頻頻觀察彰子。在閃躲攻擊時，眼睛也不停地追逐著彰子。

佈設好結界的太裳，大驚失色地跑回滿臉疑惑的彰子身旁。

「小姐，有沒有受傷？」

「沒有，我沒事。」

太裳好像不太相信她說的話，直盯著她看。

「好像……真的是沒怎麼樣……對不起。」

彰子慌忙搖搖頭，對沮喪的太裳說：

「太裳，不要這樣……」

「不，我應該更注意周遭的動靜，不應該離開妳身旁。要不是天后及時行動，不知道會怎麼樣……」

太裳追逐異形的目光十分兇狠，完全不符合他的形象。

妖怪與天后對峙了一會後，大概是發現情勢不利於自己，轉身離去。水的波動從背後襲擊，年輕人擺低姿勢躲過，一踏地躍起身子。

彰子張大了眼睛。

年輕人的外型變回了異形的模樣。

跟狗一樣有四隻腳，背上長著翅膀，大小跟馬差不多，全身漆黑。

「那是……」

異形飛上天空，就那樣消失在夜幕低垂的黑暗中。

天后懊惱地嘟囔著：

「如果有太陰或白虎在……」

有操縱風的神將在，就能追得上，不像現在無人能追。

她斷念似的甩甩頭，轉身面向彰子。

「小姐，有沒有受傷？」

彰子淡淡笑著說沒事，天后緊繃的一張臉才緩和下來，然而翠綠色的眼眸還是流露出擔心的神色，所以彰子又說了一次：

「我真的沒有傷到任何地方。」

「那就好……」

天后鬆了一口氣，然後又難過地看著失去意識的天一。

太裳撿起掉落的衣服，小心翼翼地觀察四周說：「先回家吧！雖然青龍他們會收拾那些鳥妖，可是不知道會不會再跑出更多隻來。」

把衣服交給天后、抱起天一的太裳，說完就隱形了。天后把彰子扶起來，大概是打算陪她一起走，所以沒有隱形。

「天一會不會……」

看到彰子滿臉愁容，天后微微一笑說：

「能保護小姐，她一定覺得很驕傲，那樣的傷還不至於危及生命。」

《天后說得沒錯，小姐。》

隱形的太裳說得既沉穩又肯定。

聽了兩人的話，彰子安心多了，她披上天后幫她拍去塵埃的衣服，走上回家的路。
最值得慶幸的是，衣服只沾滿了塵埃，並沒有綻線或裂開。
「朱雀和玄武呢？」
還有那隻可怕的大妖呢？
陰鬱的不安緊緊揪住彰子的胸口。
《放心吧！小姐，天空翁告訴我，剛才已經殲滅窮奇了，玄武和朱雀都沒事。》
聽到不見身影的太裳這麼說，彰子鬆了一口氣。
忽然，藏在衣服前襟裡的香包飄出搔鼻的淡淡伽羅香味，那是跟昌浩成對的驅邪除魔的薰香。
彰子透過衣服摸著香包，試著緩和急促的心跳。
——……踰輝……
彰子訝異地眨眨眼睛，轉頭往後看。
「小姐？」
「……沒、沒什麼……」
總覺得變成人類模樣的異形，直順、長短不齊的劉海下的那雙眼睛，好像泛著深沉的悲哀，是自己想太多了嗎？

6

走到壬生大路的昌浩，快步北上走向皇宮。

完成修祓儀式後，他佈設了結界，把六合留在那裡，卻還是不放心。可能的話，他希望可以派擅長結界術的神將去一趟。

「對了，小怪，我這就去向父親他們報告這件事，你去向爺爺報告，順便請他派玄武或天一去大哥那裡。」

跟昌浩一起快步走的小怪張大眼睛，瞪著他說：

「萬一我不在時，你遭到異邦妖魔的襲擊怎麼辦？」

「總會有辦法的……應該會。」

雖然沒什麼自信，但是把最終目標放在「不死掉」的話，應該會有辦法。

小怪跳上昌浩的肩膀，按著額頭說：

「應該啊……不行，現在情況危急，我不能丟下你一個人。」

「說不定不會出現啊！」

聽到昌浩的反駁，小怪的夕陽色眼睛閃過兇光。

狼人、妖精、吸血鬼，哪一個是妳的「菜」？
妖精阿志
吸血鬼史蒂芬
狼人亞當
狼人山繆
吸血鬼惡魔柯瑞

如果是妳，又會選擇哪一個？
到底要選擇誰呢？
狼人亞當
充滿男性魅力，擁有迷人的眼睛和深邃的五官。是狼人幫派的老大，「社會地位」崇高。個性霸道又溫柔，認為保護心愛的女人是他的責任！
狼人山繆
長相英俊（尤其是變身成狼人時更是帥到不行），體型高大健美，個性善良、風趣又有愛心。家世背景顯赫，還擁有高薪的醫生工作！
吸血鬼史蒂芬
舉止斯文，幽默親切，擁有一股獨特的魅力。平常看似冷淡，其實對心愛的人常會默默付出，並會不顧一切地保護對方！
妖精阿志
看起來有點痞痞的中年熟男。擁有魔法，能夠任意變換成妳喜歡的長相。善於理財，還是個修理高手，有事找他幫忙就對了！大叔魅力無法擋啦！
吸血鬼惡魔柯瑞
皮膚蒼白，渾身散發著古典氣質。擁有強大的力量，可以做任何想做的事！危險的男人，但大家不都說「男人不壞，女人不愛」?!
幻形者
暗月召喚
幻形者1
Skinwalker
暗月召喚
不只狼人，
連吸血鬼都為她瘋狂！
幻形者
血色盟約
幻形者2
Skinwalker
血色盟約
同時愛上兩個狼人？
史上最狂野的三角愛情遊戲
2/8即將熾熱登場！
皇冠文化集團
www.crown.com.tw

「不只獙狃，連蠻蠻都逃走了，很難說什麼時候會發生什麼事，我絕對不能跟你個別行動。」

昌浩緊緊抿住嘴唇。很想說小怪太會操心了，但是他心裡也明白，對小怪來說，那是最低限度的警戒。

可是，他想爭取時間。因為在這段時間內，難保異邦妖魔不會再出現在成親家。

「有六合在呀，你要信任他嘛！」

「我信任他啊！不但信任，也很仰賴他，可是還是會擔心。」

他一直以為家人會永遠存在，現在才知道，也可能因為什麼意外，從此陰陽兩隔。原來，這種被視為理所當然的事，並不是那麼理所當然，可以說是奇蹟般的幸福堆砌起來的。

「異邦妖魔怎麼會復活呢……它們的目標難道是……」

昌浩不敢再說下去，閉上了嘴巴，但是，小怪已經知道他要說什麼。

小怪在心裡暗想：是只有那兩隻呢？還是連大妖都……

「我在想，昨晚彰子為什麼會去我房間，會不會是有什麼話要對我說？」

仔細回想，今天早上她好像也有什麼話要說。

「可是我跟她講，沒時間了，等我回去再說……」

昌浩想起昨晚彰子的睡臉。

若不是星宿變動，這個女孩早就去了遙不可及的地方。現在卻在日常生活中，那麼理所當然地待在自己身旁、跟自己說話、對著自己笑。

原來的星宿，注定只能跟她隔著竹簾說話，而且不可能再見面。

想都不敢想會有這麼一天，在當時，這是不可能實現的願望。

他隔著衣服，握住掛在胸口的香包。

他許下過很多承諾，還有跟這些承諾一樣重要的誓言，烙印在他心中。

那就是要保護她、要讓她永遠幸福、要讓她沒有任何煩憂。

可能的話，還希望能讓她睡得安穩，不會作惡夢。

小怪看著昌浩的臉，甩甩尾巴，在心中嘀咕著：

這傢伙雖然晚熟，志向卻不輸給任何人。

要保護她的生命、她的心，甚至她的夢，絕非半吊子的決心可以辦得到。

而且，就算有這個心意，也很難貫徹到底。

「真累呀……」

小怪搔搔脖子一帶，暗自苦笑著。

所以，還是得跟在他身旁，助他一臂之力。

昌浩快步走向皇宮，從他臉上可以看出，他更堅定了埋藏在心底的決心。

就像這樣，這孩子經常為了那個少女，呈現飛快的越級成長，快到讓人覺得會不會太過倉卒了。

恐怕不能再把他當成小孩子了。

小怪陷入父親般的心境，深深思索著自己是不是該改變想法了。

昌浩面向小怪，正經八百地開口了。

「小怪……」

「嗯？」

「我還是覺得要爭取時間，小怪，你去爺爺那裡吧！」

「你都沒在聽我說話嗎？」

「我都聽見了，可是，我想我應該不會有事。」

「光想有什麼用？不要這麼短視！」

小怪推翻了剛才的想法，當感情勝過理智時，昌浩依然還是個孩子、還是個半吊子，隨時可能發生意外。

小怪嚴厲地指向北方，齜牙咧嘴地說：「我現在該去的地方，跟你一樣是陰陽寮吉昌那裡！我們有義務向他報告，快走！」

昌浩把嘴巴撇成ㄟ字形，但是顯然說不過小怪，所以什麼也沒講。

從四条到皇宮有段距離，他又為了佈設結界等種種瑣事，在成親家耗了不少時間，所以太陽幾乎下山了。

現在是深冬，太陽一下山，氣溫就會驟降。不管衣服穿得再多，也很難抵擋侵肌透骨的寒冷。

「風愈來愈冷了。」

忽然，小怪全身僵硬，彷彿聽到白毛豎立起來的窸窸窣窣聲。

昌浩也覺得背脊一陣冰冷，心跳加速，不由得停下腳步。

發覺小怪神經緊繃的他，仔細觀察四周，赫然發現剛才還有人走動的道路，一個人也沒有了。

現在是逢魔時刻，沒有人的道路，有時會與異形世界交會。

冰冷的風拂過臉頰，感覺特別黏膩，纏繞不去。

「好像有什麼來了……」

這是陰陽師的直覺。

從昌浩肩上跳下來的小怪警戒地看著前方。應該在那裡的建築物不見了，空氣像升騰的熱氣般浮動搖曳，扭曲了黃昏的光線。

屏氣凝神、眼觀四方的昌浩，聽到狗的遠吠聲。

像水流過般震盪的遠吠，拉得又長又遠。

昌浩還記得，那是異邦妖魔的聲音。

風開始像波濤般起伏翻騰，霧濛濛的黑暗飄過來，似乎有個漆黑的異形從後面站起來了。

「是蠻蠻！」

忽然，小怪轉過身去。

「小怪?!」

昌浩也跟著回頭，看到一隻牛，有四隻角，全身的毛像攤開的簑衣。原本應該是白色的身軀，變成像融入黑暗般的漆黑，只有雙眸炯炯發亮。

「果然是……獓狪！」

低聲嘶吼的小怪，額頭上的圖騰綻放出微弱的燐光。

昌浩和小怪都沒忘記，蠻蠻與獓狪都是妖力強大的異邦妖魔。光對付一隻就會陷入苦戰，更別說兩隻了。

「可惡，應該把六合……」

小怪沒有說到最後，是因為知道說了也無濟於事。

蠻蠻與獓狙不斷逼近。

小怪全身冒出紅色鬥氣，一轉眼，變成了高大的身軀。

就在此時，背對背與異形對峙的兩人發現還有其他妖力出現，倒抽了一口氣。

「什麼……！」

紅蓮也啞然失言，昌浩心驚膽戰地叫喊著：

「這妖氣……是窮奇?!」

蠻蠻與獓狙猙獰地笑著。

「方士……我們要報長年之恨！」

「我們要把你的肉、你的血獻給我們的主人！」

昌浩覺得頸子一陣戰慄，如果窮奇真的復活了，它的目的只有一個——

它要得到昌浩和彰子。

在水鏡底下的世界，昌浩曾抗拒窮奇的甜言蜜語，使出所有力量，死命地殲滅了窮奇。

握緊拳頭的昌浩大叫：「為什麼它們還……！」

蠻蠻目光狡黠地說：

「你想知道嗎？方士。」

「你很想知道吧？方士。」

獓𤟤的低吼與蠻蠻的聲音重疊，形成奇妙的回響，就像水流過般，虛無顫動，抓也抓不住。

鮮紅的火蛇從紅蓮手中往上爬，熱風拍打在臉上，昌浩集中全副精神，瞪著蠻蠻，打起手印。

「嗡阿比拉嗚坎夏拉庫坦！」

「看我的火蛇！」

隨著怒吼聲被放射出去的火蛇撲向了獓𤟤。漆黑的牛妖敏捷地閃躲，咆哮著衝了過來。

紅蓮抓住牛角，不讓獓𤟤往前衝，以免兩人被串在一起。衝擊力造成震盪，撼動了地面，昌浩差點站不穩。蠻蠻沒錯過這個破綻，立刻撲向昌浩。

「禁！」

靈力的保護牆把蠻蠻彈飛出去。同時，紅蓮也抓著角甩動獓𤟤，把它拋飛出去。

漆黑的粗毛在地面滑行，揚起漫天塵埃，遮蔽了獓𤟤的身軀。

撐開漆黑粗毛的大妖衝破塵埃跳出來，怒吼著放出驚人的妖氣奔流，撕裂了紅蓮的四肢。

「唔……！」

灼熱的鬥氣迸射出來，金色雙眸炅光閃閃，強度驟增的神氣轉變成火焰。

往上爬的鮮紅火蛇瞬間變色，化成白色火焰龍，張開了大嘴。

龍的咆哮聲環繞四周。猙獰放射出來的力量爆裂，直直迎向了白色火焰龍，兩股力量互撞的強烈衝擊像狂風般擴散開來。

昌浩掌握不住蠻蠻過快的動作，怎麼樣都來不及反應，只能勉強應戰，難免會受點傷。他暗自詛咒著行動困難的直衣裝扮，儘可能避開肉搏戰。

必須封鎖敵人的行動。

結印的昌浩，臉被四射的風壓割破，眼角餘光可以看到血像紅色霧氣般散開來。如果蠻蠻的目標稍微往下移，就會割斷頸動脈，教人毛骨悚然。

昌浩懊惱不已。

不能在這裡耗時間了。那個窮奇出現了，窮奇的目標是擁有當代第一靈視力的彰子。危險正步步逼向彰子，所以自己必須盡快殲滅這些妖魔，趕回彰子身旁。

「可惡……！」

自己發過誓會保護她，會一輩子保護她，會守護她的平安與幸福。

昌浩在半空中畫出五芒星，放聲大喊：

「封禁！」

光芒四射的五芒星如泰山壓頂，困住了蠻蠻。

「抓到它了？……什麼?!」

但是，轉眼就被擊碎了。

當蠻蠻被困住而忿恨地咆哮時，另一個妖氣破解了昌浩的法術。

新的妖氣出現，昌浩和紅蓮都倒抽了一口氣。

「這次又是什麼？」

是鶚嗎？是駿嗎？還是舉父？

應該已經被殲滅的三個妖魔閃過腦海——然而……

在黃昏的光線中，降落在昌浩眼前的是人類模樣的異形。

穿著異國長衣的男人眼神蠻橫地看著他們，優雅地鞠躬行禮。

「外國方士與墮落的神將，你們好。」

聽到充滿侮蔑的話，紅蓮的眼中閃過兇光。男人看著目光懾人的紅蓮，面不改色地微笑著。

「我們的點子不錯吧？我想你們應該玩得很開心。」

犬吠聲轟然震響，與猙猲的咆哮重疊，足以壓倒昌浩和紅蓮的妖力不斷增強中。

男人一出現，鸞鸞和獙狨的力量就倍增了。

紅蓮的鬥氣轉化成無數的火蛇。

「讓它們復活的人是你？」

「完全正確，不過，不只是靠我的力量。有我們主人強大的力量，才能完成這件事。」男人以唱歌般的語調接著說：「啊！對不起，還沒有自我介紹，我叫鳴蛇，來自遙遠的大陸。」

鳴蛇油腔滑調的話還沒說完，紅蓮的火蛇就撲過去了。鳴蛇輕鬆躲過，火蛇撲上了獙狨。

漆黑的粗毛立刻燃燒起來，鳴蛇瞥一眼痛苦掙扎的獙狨，無奈地微微一笑。

「唉！不愧是擁有神之名的火焰。原來如此，夠猛烈，難怪獙狨會被燒死……」

鳴蛇恍然大悟似的點著頭，紅蓮又繼續對準它放出火蛇，但是每次都被它閃開。心浮氣躁的紅蓮忽然皺起眉頭，四下張望。

「紅蓮？」

昌浩邊注意著鸞鸞，邊詢問紅蓮，只聽見紅蓮咂咂舌說：

「可惡，被拖進去了……！」

昌浩知道紅蓮在說什麼，倒抽了一口氣。

不知不覺中，被拖進了異界。飄拂的風變了質，街道也完全變了樣，而構成這個空間的人，毋庸置疑就是嗚蛇。

既然跟窮奇一樣可以製造異界，那麼，難道嗚蛇的妖力不輸給窮奇嗎？

「方士，向我們投降吧！這樣你就不必再受折磨了。」

「少廢話！」

嗚蛇不耐煩地看著吼叫的紅蓮，輕蔑地嘆口氣說：

「我又沒跟你說話……你如果再三阻撓，下場會很慘哦！」

笑容從嗚蛇臉上消失。

相對地，紅蓮全身冒出鬥氣，露出虎牙的嘴角泛著淒厲的笑容。

「你做得到就試試看，不要小看十二神將的騰蛇！」

高舉的右手生出火焰，往上延燒。聽從紅蓮指示擺動的火蛇，撲向了異邦妖魔嗚蛇。

嗚蛇放射出來的無數刺骨妖氣像飛礫般穿透火蛇，襲向了紅蓮。

紅蓮後退閃避，嗚蛇便乘機逼近，攤開了雙手。妖力伴隨著閃光爆發，兇殘的妖氣狂風席捲紅蓮和昌浩。

昌浩畫出五芒星，大叫：

「禁！」

強烈的靈力包圍昌浩，形成微微閃爍著白光的保護牆，擋住了妖氣狂風。紅蓮也靠神氣把狂風反彈回去。

「——！」

蠻蠻發出嚎叫聲，衝向赫然轉向它的昌浩，以蠻力擊破了保護牆。

「什麼?!」

「昌浩?!」

紅蓮的火焰纏住蠻蠻，熊熊燃燒起來。蠻蠻瞪著紅蓮，在慘叫中痛苦掙扎。

「這樣……就被你……」

愈燒愈旺的火焰，沒多久就把蠻蠻全身燒毀了。

「可惡！」

發出怒吼的猶猸撲向了紅蓮。紅蓮抓住它的角，利用離心力把它拋向嗚蛇。嗚蛇輕鬆閃過，還稱讚紅蓮說：「應付這些小嘍囉，你表現得還不錯嘛！」

金色雙眸閃過犀利的光芒。

「接下來換你了，嗚蛇。」

以人形出現的異形偏起頭，淡淡笑著說：

「輪不到我陪你玩吧！差不多該……咦？」

忽然，嗚蛇臉上的灑脫不見了。

就在它轉身的瞬間，包圍所有人的結界應聲碎裂了。

天空變成已過傍晚的黑夜顏色，這時候昌浩才知道，時間的流逝比自己想像中還快。

待在異形做出來的結界裡，感覺變得很奇怪。

昌浩愣了半晌，忽然聽到大翅膀的拍打聲。他順著聲音抬起頭往上看，視野掠過一個黑影。

黑影滑空而下，直直飛向了瞠目結舌的昌浩。

「什麼……」

昌浩往後退一步，降落在他面前的白色異形轉眼變成了人類的模樣，是個高高個子、穿著異國服裝的男人。男人單腳跪下，抬起頭直視著昌浩。

「那是……」

男人發出沉吟般的聲音，露出深色衣服外的肩膀，看起來異樣地蒼白。

灰藍色的直短髮迎風飄搖，長劉海下的眼睛張得斗大，直盯著昌浩。

「那總不會是踰輝的……」

男人伸出了手，昌浩往後退，然而妖氣漩渦更快一步化成了刀刃。

昌浩的胸前被劃破了一道，幸好他反射性地往後退，所以沒有受傷，但是衣服被粗暴地扯走了。

因為反作用力踉蹌了好幾步的昌浩，看到男人連同破衣服一起扯走的東西，大驚失色。

「啊……！」

那是彰子當成護身符送給他的香包。

「還我！」

男人閃過衝上來的昌浩，視線一掃，立刻跳躍起來。

「昌浩！」

聽到紅蓮的叫聲，昌浩往後看。

全身顫抖往前衝的猙猸的角，已經近在咫尺。

昌浩奮力跳開，由於衝力過大，連滾了好幾圈才爬起來，感到胸口發冷。

閃開了猙猸攻擊的異形，殺氣騰騰地瞪著鳴蛇。

「喲……這不是天馬嗎？那一天，能成為我們主人的糧食，是你們天馬一族至高無上的榮譽，沒想到還有苟延殘喘的倖存者。」

「住口，鳴蛇！踰輝呢？踰輝在哪裡？」男人的視線從鳴蛇轉向昌浩，粗暴地說：

「這是踰輝的……」

忽然，男人滿臉驚愕地倒抽一口氣，直盯著手上的香包，然後皺起眉頭，緊緊握住香包說：「不對……」

鳴蛇嘲笑表情扭曲的男人說：

「天馬啊！我記得你是叫翻羽吧？你妹妹已經不在啦！你再笨應該也聽得出這句話的意思吧？」

「住口！」

翻羽憤怒地瞪著鳴蛇佈滿嘲笑的臉，強烈的妖氣從它全身迸發，連昌浩和紅蓮都感覺到了。

「那傢伙在哪？那個襲擊我們族人，搶走我妹妹的妖怪在哪？」

鳴蛇沉著地嗤笑著。

「你問也沒用，因為你會死在這裡。」

獓狚大聲咆哮。鳴蛇的妖氣高漲，化成飛礫攻擊翻羽。

緊張地觀看事情演變的昌浩，察覺旁邊有股火焰熊熊燃燒起來，趕緊轉過頭看。

灼熱的業火往上延燒。

「燒死你們！」
看到紅蓮的火蛇衝向了鳴蛇、翻羽和獥狪，昌浩不由得大叫：
「紅蓮，等等！」
鳴蛇以妖氣之風吹開紅蓮的火焰，不悅地咂咂舌，舉起手說：
「天馬，我要先殺了你這個沒死成的傢伙。」
鳴蛇的飛礫像狂風暴雨般席捲而來。立刻把昌浩拉到後面的紅蓮，全身都被妖氣飛礫劃傷了。
「紅蓮！」
「不要出來！」
紅蓮把自己的身體當成盾牌，保護身高不到自己胸膛的矮小昌浩，然後毫不在乎地甩開湧出來的鮮血，召來火焰。
漆黑的獥狪逼向紅蓮和昌浩。
昌浩倒抽了一口氣，紅蓮對他微微一笑。
往上爬升的火蛇化成了白色火焰龍。
「振作點呀！晴明的孫子。」
「不要叫我孫子！」

昌浩反射性地怒吼回去時，響起大翅膀的拍打聲。

被困住自己的灼熱火龍緊緊掐住的獥𤞞，發出驚天動地的慘叫聲。

在紅蓮身後屏氣凝視的昌浩，看到另一個異形降落。

外型像狗、長著翅膀的異形，大小跟馬差不多。跟變成人類模樣之前的翻羽長得一模一樣，只有一點差別。

剛降落的天馬，全身黑得像黑夜的剪影。

漆黑的天馬一降落，就跟翻羽一樣變成了人形。

嗚蛇只瞄了它一眼，毫無感覺地說：

「喲、喲……連異種天馬都來了啊！竟然漏殺了兩隻……」

異種天馬？

昌浩滿臉疑惑。

看到又一個人加入，紅蓮瞇起了眼睛。獥𤞞被白色火焰燒得在地上翻滾，不斷地抽搐顫抖著。

翻羽沒好氣地衝著剛出現的天馬男子說：

「越影，你跑哪去了？」

「對不起，我發現了很像踰輝的氣味，所以……」

翻羽挑了挑眉毛。

越影聞到從它手上散發出來的淡淡香味，倒抽了一口氣。

「翻羽，那是……」

「是從那孩子身上扯下來的……但是，不是踰輝的。」

越影瞬間亮起來的臉，很快就被失望取代了。

「不要沮喪，夥伴，踰輝應該就在附近。」

聽到翻羽這麼說，鳴蛇雙手一攤，感嘆地說：

「你們是在找那隻嬌弱的天馬嗎？原來你們想把它帶回去啊……真可憐。」

從現場氣氛就可以知道，這句帶著嘲笑的台詞激怒了翻羽和越影。

鳴蛇以堪稱優雅的動作鞠躬行禮，瞥一眼倒在地上的猰㺄和蠻蠻。

「曾經被擊敗的傢伙，果然沒什麼用。鶚跟駿也一樣，枉費我特地給了它們挽回的機會，窮奇最後也會失敗吧！」

鳴蛇轉移視線看著昌浩，瞇起了眼睛，像在評價獵物。

昌浩覺得背脊一陣寒慄。

「小方士，總有一天我會來接你，希望你不要忘記，我們主人衷心期盼著你的到來。」

男人說完這句話，便轉身離開，全身迸出了妖氣。天馬、昌浩和紅蓮都忙著閃躲來自四面八方的妖氣散彈，來不及追鳴蛇。

不知不覺中，黑夜已經覆蓋了整個世界。

不由得往前衝的昌浩，才跑幾步就停下來了，緊緊握起了拳頭。

「鳴蛇……跑哪去了……！」

響起拍振翅膀的聲音。

紅蓮的火蛇往上竄升，逼向變回異形的兩隻天馬，然而，還是抓不到像風一樣飛上高空的異形。

昌浩以視線追逐著躲在黑暗中的天馬，聽到紅蓮嘖嘖咂舌，轉頭看著他。

「紅蓮……」

「對不起，讓它們逃了。」

昌浩搖搖頭，表示不是紅蓮的錯。注意力全在鳴蛇身上，忘了對天馬施行縛魔術之類的法術，也是自己的失策。

異形佈下的結界消失了。

昌浩屏氣凝神，發現在蠻蠻它們出現之前嗅到的窮奇妖氣不見了。

「窮奇呢？」

這時候，颳起一陣強風。

「騰蛇！」

熟悉的聲音自天而降。

兩人抬頭仰望，看到體格壯碩的神將白虎飛落下來。

「怎麼了？白虎。」

滿臉擔憂的白虎對紅蓮說：

「我才想問你怎麼了，是晴明察覺有強烈的妖氣出現，派我來的。」

「是爺爺……」

壯年神將嚴肅地點點頭，對昌浩說：「幾乎在同一時間，出現了應該已經死亡的窮奇等妖魔，十二神將可以說是總動員了。」

「等等，白虎，你是說除了窮奇，還有其他妖魔？」

「沒錯，就是在貴船被殲滅的鶚與鵔，不過……」白虎望著遠方說：「幸好有晴明和青龍迎戰，沒發生什麼大事。」

昌浩放鬆了心情。窮奇的目標是彰子，既然它被殲滅了，就不必擔心了。

「白虎，是誰殲滅了窮奇？」

白虎沉著地回答昌浩：「是朱雀和晴明。不過，聽說天空也從異界幫了他們的忙，我不在現場，所以詳細情形請問晴明。」

昌浩倒抽了一口氣。

「是爺爺……」

「這樣啊！」

紅蓮喘口氣，修長的身軀瞬間變成白色怪物的模樣，夕陽色的眼睛閃爍著憤慨的光芒。

「嗚蛇、天馬翻羽和越影……它們到底是什麼來歷?!」

昌浩邊聽著小怪低吼，邊按住衣服破一個大洞的胸口。那個重要的護身符香包被翻羽搶走了。

他想起兩隻天馬說的名字。

「……踰輝……」

小怪轉向昌浩，眨了眨眼睛。

妖魔們說的話閃過腦海。

來自大陸、倖存者、天馬、異種。

昌浩看著天馬消失的天空，沉重地嘟囔著：

「它們來這個國家做什麼……？」

7

◇　◇　◇

它們生活在神仙居住的地方。

天馬群一身純白色的毛，擁有強大的妖力，但是一點都不好戰，是過著祥和、平靜生活的異形。

在這樣的天馬群中，有隻全身黑毛的孩子誕生了。或許，這就是滅亡的開端。

異形多半都很長命，天馬也不例外。由於沒有什麼天敵，所以它們一直過著祥和的安逸生活。

在這樣的生活中突然出現的異種，給天馬們帶來了恐懼。

這孩子的母親，在生下漆黑的孩子時就斷了氣，再也沒有醒來過。

大家都說，這個被取名為「越影」的孩子很可能召來災難，帶給族人不幸。

沒想到這樣的謠傳，最後竟然成真。

漆黑的孩子被排擠、被疏遠、被厭惡，卻還能活下來，是因為天馬們不管怎麼嫌棄它，都不至於殺了它。

有隻天馬站出來說，儘管是異種，殺了它還是太殘忍、太可憐了。

那隻天馬就是翻羽和踰輝的父親。

有一天，可怕的怪物出現在天馬鄉，攻擊了幼小的翻羽和越影。翻羽的父親捨命救它們，被殺死了。

天馬們都說，它就是同情那樣的孩子才會死，於是，越影愈來愈被孤立了。

年幼的越影經常躲在沒有人的岩石背後，靜靜等待著一天的結束。

只有晚上睡著後，在夢中見到死去的母親時，是它唯一感到祥和與幸福的時刻。從來沒見過面的母親，總是緊緊擁著它。但是，它始終看不清楚母親的臉。

當然看不清楚，因為從來沒見過。

這種事真的很悲哀，教人難以忍受。就在越影偷偷哭泣時，有隻走路還東倒西歪的小天馬出現在它面前。

靠四隻腳搖搖晃晃走過來的小天馬，歪著頭注視著越影，口齒不清地問：

「你是誰啊？」

越影不理它，假裝沒聽見。

幼小的天馬走到越影的眼前，停下來，又歪著頭問：

「你是誰啊？」

「煩死人了，臭傢伙，我不認識妳。」

「我不叫臭傢伙，我叫蹁輝，蹁輝。」

這時候，被遮住的太陽露出臉來，照亮了岩石背後。

蹁輝發現蜷縮成一團的天馬，毛色跟自己不一樣，是漆黑的顏色，不禁張大眼睛，直盯著越影看。

越影已經厭倦了人家好奇與鄙視的眼光，它站起來，打算把這個沒教養的小天馬踢飛出去。

沒想到抬頭看著自己的蹁輝，眼睛發亮地說：

「你好美啊！」

越影停下高高舉起的前腳，看著幼小的天馬，連呼吸都忘了。

「怎麼樣才能變成那麼漂亮的毛呢？好美、好美哦！」

小天馬笑得很開心，越影不知道該說什麼，慢慢地放下了前腳。

這時候，跟越影差不多大小的白色天馬翩然降落。

「蹁輝，妳在這裡啊！」

「啊！哥哥。」

翻羽走到轉向它的踰輝身旁，看到張大眼睛的越影。

「翻羽……」

在翻羽的父親還活著時，因為同年齡的關係，它是越影最親近的同族。但是，自從翻羽的父親為了保護它們而犧牲後，越影就沒有再跟翻羽好好談過話，因為是自己害死它父親的想法，一直苛責著越影。

許久不見的翻羽還是跟以前一樣，爽朗地看著自己。

「越影，你在幫我照顧這小傢伙啊？」

「呃……我……」

越影下意識地往後退。

「跟我在一起會有災難。」

正要匆匆忙忙離去的越影，聽到踰輝的聲音說：「哥哥，什麼災難啊？」

天真無邪的聲音扎刺著越影的耳朵，它閉上眼睛正想逃離時，翻羽的話拉住了它。

「根本沒那種事，是大人自己編出來的，踰輝也知道沒那種事吧？」

越影戰戰兢兢地轉過身來，翻羽對著它哈哈大笑。

「我父親常常那麼說呢！這傢伙是我妹妹，不久前才出生。踰輝，它叫越影。」

白色的天馬兄妹相親相愛地站在一起。

踰輝看看翻羽再看看越影，可愛地點點頭說：

「對啊！沒那種事，因為越影的毛就像山那邊的黑色水晶，好漂亮。」

「就是嘛！」

看著妹妹可愛的模樣，翻羽簡直疼入了心坎，眼睛都笑彎了。

翻羽邊用鼻尖磨蹭著踰輝的脖子，邊看著越影說：

「我母親也是生下它就死了，可是，並沒有發生任何災難啊！它是父親和母親留給我的寶貝。」

所以你一定也是這樣，純白的天馬說得很肯定。年幼的天馬妹妹聽不懂意思，也點頭說對呀！

漆黑的天馬低下頭，高興得淚流不止。

天馬過了一定年齡，妖力就會增強，可以變身為人形。變身後的模樣，各自不同。會變成什麼樣子，取決於個性。

第一次變身當天，越影和翻羽去水面看自己的模樣。兩人不禁感嘆原來是變成這樣啊！年紀還小的踰輝不開心地看著它們。

「哥哥和越影好討厭哦！人家也好想趕快變身。」
「對不起。」
越影不由得向踰輝道歉，翻羽拍拍它的背，豪爽地笑著說：
「笨蛋，不要把這傢伙的傻話當真嘛！對了，踰輝，妳覺得我們兩個誰比較帥？」
踰輝沉下臉，轉過身去。
「你們變成人類的樣子，我看不出來。」
說得也是。
鬧脾氣的它，說得也有道理。
「是嗎？我覺得我的灰藍色頭髮很少見，應該很引人注目。」
蹲著俯瞰水面的翻羽，頭髮顏色跟它原來的毛色完全不一樣。
低頭望著水面的越影也出神地看著自己的頭髮。跟身上漆黑的毛色不一樣，是灰白色的長髮。不是靠自己的意志決定，而是變身時就自然變成那樣了。
越影摸著披在臉上的頭髮，眼神變得陰鬱，心想，如果本體的毛也跟頭髮一樣是明亮的白色，那該有多好。
沉默的越影背後，傳來踰輝開朗的聲音：
「越影的頭髮是白色呢！」

越影轉過身，嘴角露出百感交集的笑容。

踰輝偏著頭，瞇起眼睛說：「可是，像黑水晶的毛還是比較漂亮。」

之後又過了好幾年，到了踰輝變身的那天晚上。

「為了慶祝妳變身，我去摘伽羅給妳。」

這麼說完就外出的翻羽還沒有回來。

「這麼晚了，哥哥還不回來……」踰輝看著高高懸掛在天空的月亮，擔心地說。

變身後的踰輝，棕色的頭髮有些捲曲，披在纖細的頸子上。露出頸子到肩膀線條的衣服，下襬很長，腰帶兩端垂吊在前方。長到腳踝的衣服，看起來好像很難行走。

踰輝坐在岩石的凹洞裡，同樣變了身的越影坐在它旁邊。翻羽拜託越影，在它回來前看著踰輝。

「會不會是找不到伽羅呢……那就趕快回來嘛！」

「翻羽已經答應妳了，所以無論如何都會拚命找吧！」

聽到越影這麼說，踰輝嘆口氣說：

「就是啊！找不到的話還會生氣，說不定現在正在哪裡發脾氣呢！」

「沒錯……」

不用想也知道。

天馬的力量強大，如果氣起來忍不住大鬧，後果將不堪設想。

翻羽再怎麼樣也應該知道嚴重性，但是，越影很清楚它的個性，它一激動就看不清楚狀況，所以越影還是有些不安。

踰輝抬頭看著天空，嫣然一笑說：

「不過，偶爾這樣等它也不錯，有你陪著，我就不寂寞了。」

「是嗎？」

踰輝的笑容像綻放的花朵般璀璨奪目，讓越影張不開眼睛。

她忽然想到什麼似的，開口說：「對了，越影，你不送我什麼嗎？」

突如其來的詢問，問得越影滿臉尷尬，啞口無言。仔細想想，翻羽去找慶賀的禮物了，自己的確也該送些什麼。

「這……我……對不起。」

責怪自己不夠細心的越影沮喪地垂下了頭。踰輝慌忙說：

「對不起，我不想為難你，只是……你從來沒有送過我任何東西，所以……」

自己會那麼說，是認為以變身的賀禮為藉口，向越影要個東西，應該不會太突兀，沒想到反而讓它下不了台。

踰輝失望地垂下肩膀，越影不知道為什麼四下張望，忽然停下了視線。

頹喪的踰輝，發現越影離自己的視野愈來愈遠，它眉頭深鎖，心想越影一定討厭自己了。

聽到啪嘰啪嘰的聲響後，越影的長腳往回走了。

踰輝覺得有東西碰觸頭髮，猛然抬起頭，發現越影的手正摸著自己的頭髮，不由得屏住氣息。

「對不起，拿現有的東西充數……」

越影鬆開手後，踰輝伸手碰觸頭髮，摸到插在右耳上的花，是附近樹木開的花。綻放著一簇簇小白花的樹，遠看就像懸掛著許多小白球。

原來越影還記得踰輝喜歡這些小白花。

「我好開心……謝謝你，越影。」

「不會……」

越影很氣自己只能送這樣的東西，可是，也很開心看到踰輝笑了。

「呃，我還有個要求，」踰輝露出幸福的笑容，對眨著眼睛的越影說：「我希望這邊也插上花……可以嗎？」

真的是很小很小的心願，越影怎麼可能不答應呢——？

◇　◇　◇

那些日子已經很遙遠了。

在天空飛翔的翻羽激動地大叫：

「可惡……！既然鳴蛇在這裡，那該死的傢伙應該也在附近了！」

它說的是將天馬群大卸八塊，還搶走了踰輝的那個妖魔。

越影心痛得幾乎喘不過氣來。

「……妳在哪……」

踰輝、踰輝，妳到底在哪？應該已經死了吧？但是，天馬的靈魂一定會回到親人身旁，踰輝的靈魂卻沒有回來。

可能是迷路了，或是躲在人類的軀體內，也可能是被什麼困住了。

必須讓它得到解放，不然踰輝的心會一直哭泣。

每次睡著後就會作夢，夢見瑟縮成一團的純白天馬，還有與天馬交疊的纖細少女，掩著臉不停地哭泣。

救救我。

救救我。

哥哥、越影，救救我。

「踰輝，妳在哪……」

飛翔的翻羽注視著從少年身上搶來的香包。一樣是伽羅香味，是它送給踰輝的香木。踰輝看到翻羽辛苦找來的伽羅，非常開心，總是隨身攜帶，香味已經沁入了它的體內。

所以，它們到處尋找有伽羅香味的女孩，因為踰輝的靈魂說不定在她們之中。

越影腦中閃過剛才見到的女孩，想起她直視著自己的那雙眼睛。

兩隻天馬俯瞰著夜晚的京城。

「那該死的傢伙……還有鳴蛇，到底在哪……？」

銷聲匿跡的妖魔們完美地隱藏了妖氣，根本無從找起。

「踰輝！」

妳到底在哪？

✕ ✕ ✕

聽白虎說完現況後，昌浩就先回皇宮的陰陽寮做報告了。但是，被妖魔襲擊過的狼狽模樣，引起了一陣騷動。

「昌浩，你怎麼變成這樣?!」

藤原敏次大吃一驚地跑過來，昌浩很坦白地告訴他，自己被異形襲擊了。

陰陽寮受到很大的震撼，不只曆博士安倍成親，連直丁昌浩都被襲擊了，該不會是京城面臨了史無前例的威脅吧？

昌浩在由上至下一片慌亂的皇宮一角，茫然地看著這一切。被異形襲擊，就是沾上了污穢，必須盡快離開皇宮，關在家裡齋戒淨身。但是，只有昌浩可以做詳細報告，所以在完成報告之前不能離開。

陰陽博士吉平正在進行修祓儀式，所以昌浩在陰陽寮的一角等儀式結束。

「怎麼辦，小怪，好像引發了大騷動。」

「史無前例的威脅啊……唉！不能怪他們，他們不了解。」

那種威脅早就有過了，只是在無人知曉的狀態下，統統被殲滅了。

沒錯，應該是被殲滅了，誰知道還會……

但是現在沒有時間想這些了。官員們輪番上陣，一個接一個來問昌浩詳細內容。因為怕污穢擴散，昌浩必須留在一定的地方，只能讓大家來找他，讓他覺得很不好意思。

而且，他很想趕快回家。有太多事想問晴明和神將他們，更想親眼確認彰子的安危。

自家人都被排在最後面，所以等他向父親和二哥報告了大哥成親的狀況，終於可以回家時，已經是戌時了。

匆匆忙忙回到家時，出來迎接他的彰子臉色發白地慘叫起來。

「昌浩，你受傷了！」

白虎趕緊現身，扶住搖晃的彰子。

「妳沒事吧？小姐。」

「啊！對不起，我沒事。」

但是她的臉色卻很蒼白。昌浩為了讓她安心，勉強擠出笑容說：「別看我這樣，我並沒有受傷……對了，彰子，有件事我要向妳道歉。」

彰子看到昌浩沮喪的樣子，覺得事情非同小可，眼神不安地閃爍著。

「怎麼了？發生什麼事了？」

「妳給我的香包被妖魔搶走了……」

低著頭的昌浩偷偷觀察彰子的反應，只見彰子張大眼睛看著自己，過了好一會才吐

口氣說：「就只有這樣？沒有其他事？」

「嗯……我答應過妳會好好珍惜的，對不起。」

昌浩低頭道歉，彰子微笑著搖搖頭說：「你沒事就好。」

聽著兩人交談的小怪假裝望著遠方某處，搔搔脖子一帶。

昌浩板起臉，認真地問：「彰子，妳是不是有什麼話要跟我說？」

「咦……」

彰子微微張大了眼睛。昌浩直直看著她說：「今天早上我要出門時，妳好像想跟我說什麼……還有，傍晚時，我嗅到應該已經被殲滅的窮奇的妖氣。」

其實是擔心得坐立難安。聽說窮奇被晴明殲滅了，沒親眼見到彰子平安無事，他還是放心不下。

「對不起……窮奇應該已經被我殲滅了，不知道為什麼……」

緊握的拳頭不停地發抖。彰子碰觸他的手說：

「沒關係……對了，我作了夢。」

「夢？」

「對，我作了夢……在夢裡，那個可怕的聲音一直要我回應……」

昌浩倒抽了一口氣，彰子用雙手包住他的手，微微低著頭，斷斷續續地接著說：

「我好害怕……可是，我知道回應就會變成言靈，所以沒有回應……」
不管神將們多關心她，她還是很害怕，所以沒有告訴神將們。
「彰子……」
「可是，有大家的保護，已經沒事了。」
「大家？」
「就是朱雀他們啊……朱雀跟天一都因為這樣受了傷，暫時回異界了。」
笑容裡帶著憂鬱，大概是覺得對不起他們吧！昌浩很能了解她的心情。
「對不起，在緊要關頭，我沒陪在妳身旁，真的很對不起。」
我說過會保護妳，我發誓過會保護妳啊！
看到昌浩那麼頹喪，彰子慌忙搖搖頭說：
「昌浩，你沒有對不起我，不要這麼難過。」
「可是……」
這時候，看著他們兩人的白虎眨眨眼說：「昌浩，晴明在叫你了。」
「爺爺？」
昌浩抬頭看著白虎，小怪對他說：「也不能老站在這裡說話吧？」
小怪甩甩白色尾巴，露出曖昧的笑容。

昌浩欲言又止，狠狠踩過小怪的尾巴。

脫下破破爛爛的直衣之後，換上狩衣的昌浩，一來就看到晴明滿臉沉重地瞪著式盤。

被請進房間後，昌浩正襟危坐，默默看著祖父，深怕妨礙到祖父。

祖父的表情比平常嚴肅許多，不知道在占卜什麼。

昌浩注視著祖父滿是皺紋的臉，在膝上握緊了拳頭。

聽白虎說，漆黑的窮奇被晴明、朱雀和天空殲滅了。天空待在異界，只施放了通天力量。

昌浩沒見過天空，也沒有聽過他的聲音。連他的風采都無法想像，不過從其他神將的形容來推測，應該是很有威嚴、很有分量，比祖父還要偉大的人。把神將稱為「人」，其實不太正確，但是，他們的外型跟人類相似，所以不自覺地就會這麼稱呼他們。

聽說是朱雀和玄武先困住了出現在彰子面前的窮奇，等晴明使用離魂術趕到後，才殺死了窮奇。

以漆黑模樣復活的異邦妖魔，妖力都增強了，聽說窮奇也是；晴明卻在短時間內，毫髮無傷地殲滅了它。

即使年紀大了，安倍晴明還是名副其實的曠世大陰陽師。

自己還差得太遠。

昌浩低著頭回顧過往。被拖進水鏡下的異界時，自己不顧性命，放手一搏，才好不容易奪得勝利。但是，沒有神將們的幫助，還是回不了這個世界。

老人的背影是那麼地瘦小。何時自己才能超越那瘦小的背影呢？真的會有超越的一天嗎？

昌浩瞥一眼坐在旁邊的小怪。他決心要超越祖父，這是烙印在他心中的誓言，只有這個白色異形知道。他知道，自己還沒有足夠的自信與實力可以把這件事告訴祖父。他覺得很不甘心，但這就是現實。

他發誓要超越的對象，實在太巨大了。

這次，他又有了更深刻的體會。自己只會用嘴巴講，什麼也做不到。跟彰子啟動了詛咒時一樣，滿滿的自責湧上心頭。

小怪發現昌浩的臉色很陰沉，但是，它想現在不管它說什麼，可能都只會被當成安慰的話，然後愈是被安慰，昌浩就愈會陷入泥淖裡。

就在它不知該怎麼做而嘆著氣時，晴明抬起了頭，大概是占卜有了結果。

老人看著昌浩，瞇起了眼睛。身經百戰的老人，一眼就看透了鑽牛角尖的孫子在想什麼。

但是，晴明沒有戳破他，提起了另一件事。

「成親怎麼樣了？」

昌浩抬起頭說：

「傷勢不輕，大量出血，所以行動有點吃力，但是沒有生命危險。」

他想起父親和二哥聽他說完後，大大鬆了一口氣的模樣。看到被異形襲擊的他平安回來，他們也很高興。

「攻擊成親大哥的是異邦妖魔猰㺄。」

「嗯，關於這件事，除了成親之外，還有其他貴公子被襲擊……這些人有個共通點。」

「咦？」

昌浩和小怪都張大了眼睛，晴明把式盤拿給他們看，接著說：

「他們多多少少都有靈視能力，你也知道，成親的力量不弱。」

「可是，要說具有靈視能力，也還有其他人……」

說到這裡，昌浩突然臉色發白。沒錯，也還有其他人具有靈視力。

「爺爺，昌親哥哥他們……」

「我已經派神將去昌親和吉平那裡了。以前你對付過的那些異邦妖魔雖然都已經被殲滅，還是不能掉以輕心。」

跟隨窮奇來到這個國家的異邦妖魔多不勝數。

天后和青龍去保護吉平，太裳和勾陣去保護昌親。京城內不只他們具有靈視力，但是在沒有接到大貴族的委託之前，還是以親人為最優先。

「等一下我會再派玄武去成親那裡，六合最好也留著。」

小怪點點頭說：

「沒錯，雖然蠻蠻和猲狚都被殲滅了，可是還有鳴蛇和天馬。」

晴明轉向昌浩他們，雙臂環抱胸前，滿臉愁容。

白虎向他報告過大致的情形。出現在昌浩他們面前的猲狚和蠻蠻，是聽從新妖魔鳴蛇的指揮，而降落在現場的兩隻天馬，似乎是與鳴蛇敵對。

「那兩隻天馬提到『踰輝』這個名字，好像是踰輝被鳴蛇帶走了。」

小怪回顧當時的情形，這麼說著。晴明張大了眼睛。

「什麼？那兩隻天馬的其中一隻，總不會是……」

這時候有神氣降臨，小怪震驚地問：

「妳怎麼會在這裡?!」

現身的神將勾陣露出「幹嘛這麼驚訝」的表情說：

「是天空說那裡由他看守，叫我回來晴明這裡。」

「天空？為什麼……」

鬥將中的唯一女將聳聳肩，瞥一眼不解的晴明說：

「他擔心除了騰蛇外沒有其他鬥將，晴明就會身先士卒。動不動就使用離魂術，不但讓人提心吊膽，也會縮短晴明的壽命。」

昌浩看著晴明。

晴明無言以對，似乎被說中了。

在嘴裡嘀嘀咕咕好一會後，他才深深嘆口氣，靠著憑几說：

「真是的，把我當成老人看待。」

「你就是老人吧？」

「有點自覺嘛！」

小怪和勾陣你一言我一語地說著，晴明都當作沒聽到，望著遠方。看著這一幕的昌浩，覺得爺爺雖然是神將們的主人，有時候地位卻好像不如神將們。

昌浩不知道晴明收十二神將為式神的經過，很想問個清楚，只是一直找不到機會。

他也可以問神將，但還是比較想聽祖父說，因為祖父是第一個收十二神將為式神的人類。

在這方面，他真的覺得祖父很厲害。

「不過，他是狐狸嘛……」

口中唸唸有詞的昌浩突然端正坐姿，因為晴明的表情嚴肅起來了。

「即使有天空和太裳在，但是他們都沒有攻擊的能力，萬一發生什麼事怎麼辦？」

「那時只要召集大家就行了，不會有問題。」

「是嗎？」聽勾陣說得那麼輕鬆，小怪表示懷疑，抬頭看著她，瞇起眼睛說：

「喂！勾，不會是妳算準太裳好說話，把事情全推給了他吧？那小子一定沒辦法拒絕妳。」

勾陣面對舉起一隻前腳的小怪，露出深表遺憾的表情，皺著眉頭說：

「騰蛇，這種話可不能亂說，你把我當成什麼樣的人了？不相信的話，你可以去問天空。」

「不要，我不想沒事去找天空。」

勾陣對眉頭深鎖的小怪點點頭說：

「這一點我也贊同。」

昌浩眨眨眼睛，悄悄問晴明：

「爺爺，天空……好像很偉大呢！」

「是啊，他很偉大呢！總有一天你也會見到他，不過，要先做好心理準備。」

沒想到十二神將中最強的紅蓮、不遑多讓的第二好手勾陣，甚至連祖父都這麼推崇天空。

「是……」

昌浩聽話地點點頭。

小怪和勾陣還繼續吵著什麼，晴明只好對昌浩說：

「還有，我接到極機密的通報。」

參議家與大納言家的千金都見到了異形，天后與勾陣去看過後，從留下來的殘餘妖氣斷定就是天后遇到的天馬。

「天馬也在彰子面前出現過。」

「咦？」

昌浩大驚失色，晴明趕緊制止他，瞥一眼彰子的房間。

「應該是你們遇到的天馬的其中一隻，聽說對著彰子叫『踰輝』。參議大人和大納言的千金也都被叫那個名字，嚇得一整晚都在床帳裡發抖。」雙手環抱胸前的晴明深思熟慮地說：「看來，鳴蛇與天馬的目的不一樣。天馬應該是在找『踰輝』，而鳴蛇……」

忽然，昌浩腦中閃過異邦妖魔鳴蛇說的話。

——希望你不要忘記，我們主人衷心期盼著你的到來。

就像猼狏和蠻蠻追隨窮奇那樣，鳴蛇也有追隨的主人。

「鳴蛇的主人應該是躲在哪裡，不知道什麼目的。」

但是，即使不知道目的，也可以確定一件事，那就是妖魔來到京城，絕對會再帶來災難。

晴明點點頭說：

「皇宮也動盪不安，陰陽寮的人已經分頭去調查，討論解決的方法。不過，陰陽寮的官員恐怕應付不來。」

異邦妖魔的力量強大，鳴蛇或許比不上窮奇，但也是強悍的對手。

「昌浩，你趕快跟紅蓮找出鳴蛇，把它殲滅了。」

「咦……」

看到昌浩啞口無言的樣子，晴明疑惑地問：

「昌浩，你怎麼了？」

「啊！沒、沒什麼。」昌浩甩甩頭說：「我會盡快找出鳴蛇，把它殲滅。」

8

子時過大半後，昌浩趁家人熟睡時，溜出了家門。

除了小怪之外，不知道為什麼勾陣也在。好像是因為六合不在，所以她來代替六合。

「昌浩，你打算去哪？」小怪問。

昌浩點點頭說：

「我想再去鳴蛇它們消失的地方看看，不然隨便亂走也找不到線索。」

「說得也是。」

三人走向了朱雀大路。

這時候，一個黑影隱藏氣息，降落在空無一人的黑夜裡。

「喲！厲害、厲害，很不錯的結界，看來也不能輕視外國的方士。」

語帶嘲笑的聲音隨風而散。

「嗯……該怎麼做呢？主人要的是那個方士，可是跟著他的神將有點難應付，不如誘他上門……」

全身纏繞著黑暗的異邦妖魔鳴蛇往被結界包圍的屋內窺探，啞然失笑。

「啊！窮奇，你留下了很好的禮物呢！雖然你敗得那麼慘，但是這件事值得稱讚。」

風怯怯地顫抖著。

「主人要的不是她……不過，窮奇看上的祭品，應該也是極品。」

子時前已經上床的彰子作了一個夢。

她聽見聲音。

——……應……

是那個可怕的聲音，在耳邊繚繞不去。

——……快回應……

那個大妖魔應該已經被昌浩和神將們殲滅了。

她告訴自己，這不過是自己的懦弱製造出來的幻聽，只是一場夢。

——……快回應！

聲音的回響清晰得不像是夢，彰子在黑暗中縮成了一團。

「窮奇想得到的祭品……快回應啊……」

刻劃在右手背上、一輩子不會消失的傷痕隱隱作痛。

有東西在體內撲通撲通躍動起來，窸窸窣窣地爬行，從皮膚底下緩緩地流竄出來。

一股不尋常的熱像波浪般襲遍全身，捆住她的身體，掐住她的喉嚨。

「快回應……然後，到這裡來……到我這裡來……！」

躺在床上的彰子，身體劇烈顫抖。過了一會，毫無血色的眼皮緩緩張開，露出茫然失焦的眼睛。

彰子動作遲緩地走下床，悄悄拉開木門，只穿著單衣就走出了外廊，又光著腳走下庭院，以傀儡般的生硬腳步，走向了大門。

只要走出大門，就離開了結界。

大門嘎吱作響打開後，光著腳的彰子就走上了土御門大路。

「歡迎妳來，祭品女孩。」

攤開雙手迎接她的鳴蛇滿意地笑著。彰子像面無表情的人偶，走到全身纏繞著黑暗的異形身旁，就像斷了線般癱倒下來。

鳴蛇及時接住倒下來的彰子，把她抱起來。

「不愧是窮奇，死後還能維持這樣的詛咒。不過，體內有這樣的詛咒，還能過著一般人的生活，也很不可思議……」

鳴蛇不解地嘟囔著，轉身研究那個結界。

「……原來如此，是這個結界和方士的力量，鎮住了那股妖氣。」

看出端倪的鳴蛇轉身離去，消失在黑暗中。

更深夜靜，萬籟俱寂。打破寂靜的是躲在堤防下的無數小小身影。

「怎、怎麼辦？小姐被……」

不可能進得了安倍家的小妖們，只能緊挨著車之輔。

猿鬼滿臉蒼白，在它旁邊的獨角鬼戰戰兢兢地說：

「大事不好了，要趕快去通報。」

「孫子好像往那邊去了。」

龍鬼衝上堤防，往朱雀大路跑。

「我也去。」

「我也去。你們去通報晴明！」

猿鬼和獨角鬼這麼交代其他同伴後，就去追龍鬼了。

◇　◇　◇

那是突發的不幸事件。

和平、寧靜的天馬鄉，遠離人界，在神仙居住的地方。

無數的可怕妖魔闖進來。

它們把東逃西竄的天馬抓來吃，狼吞虎嚥，轉眼間血腥味就改變了天馬鄉的模樣。

最後只剩下純白與漆黑的天馬，為了保護瘦小的白天馬，浴血奮戰。妖魔們沒想到會遭到反擊，一個個被天馬所擊滅。

「快逃……！」漆黑的天馬邊掃蕩襲來的妖魔，邊大叫著：「趁現在快逃！」

瘦小的天馬哭著猛搖頭。

「笨蛋！妳非逃走不可！」身受重傷，純白色的毛血跡斑斑的天馬大叫：「快走！」

「我不要！」

漆黑的天馬對抽抽答答哭個不停的瘦小天馬說：

「妳快走……我們很快就會追上來。」

瘦小的天馬張大了眼睛，撲簌撲簌流著淚說：

「一定會？」

「對。」

這恐怕是無法實現的約定，因為天馬已經遍體鱗傷，只是被漆黑的毛蓋住看不見而已，連站著都很勉強。

瘦小的天馬哭哭啼啼地向後退，轉身離去。

看到它離去，兩隻天馬鬆了一口氣。

然而，它們不知道，即將面對更殘酷的絕望。

正要起飛的瘦小天馬，被擋住了去路。

「這是最後一隻天馬？」語調中帶著殘忍笑意的妖魔，有雙大鷲般的翅膀，露出利牙嗤笑著說：「成為我的糧食吧！」

天馬全身僵硬，動彈不得，可怕的妖魔步步逼向了它。

就在妖魔張大嘴巴的剎那——

「等等，窮奇。」

窮奇的眼中閃爍著兇光，緩緩轉過身去。

在它背後，有隻新的妖魔。

天馬看著這些妖魔，嘎答嘎答顫抖著，害怕得連眼睛都閉不起來。

「最後的天馬……是我的糧食。」

妖魔的話激怒了窮奇。

「說什麼蠢話？這是我的糧食，我絕不會讓給你！」

面對叫囂的窮奇的眼神，妖魔絲毫不為所動，瞇起了眼睛說：

「窮奇，你說的話才叫蠢話。」

大鷲般的翅膀應聲張開。

兩種咆哮聲震天價響。

拖著身體往前走的兩隻天馬，看到了可怕的光景。

身上有四片翅膀的巨大蛇妖抓住了瘦小的天馬。兩隻散發著可怕妖氣的妖魔，正在它們眼前大打出手。

「那是……！」

看見目瞪口呆的白色天馬，瘦小的天馬哭喊著：

「哥哥、越影，救救我——……！」

有四片翅膀的蛇妖猙獰一笑，抓著天馬無聲地飛起來。

「踰輝！」

正要追上去的兩隻天馬遭到龐大妖力的攻擊。

被彈飛出去後，它們聽到可怕的聲音說：

「窮奇，這兩隻天馬送給你，我要那隻小的。鳴蛇，我們走。」
擊敗窮奇的妖魔展開翅膀飛上天空。從地上爬起來的窮奇氣得全身發抖，大聲嘶吼著，但很快就把注意力轉向了翻羽和越影。
大鷲般的翅膀洩憤似的拍打著。
漆黑的天馬強撐著爬起來。
「翻羽、翻羽，快站起來！」
現在只能逃離這裡。
「可惡……！」
懊惱得全身發抖的翻羽展翅飛起。越影擠出僅剩的力氣，彈開飛撲過來的窮奇，但沒辦法做更進一步的攻擊了。
兩隻天馬搖搖晃晃地飛上了天，白色天馬驟然下墜了一些。
「翻羽！」
「我、我沒事！不要管我，快找踰輝！」
妹妹踰輝比什麼都重要。
翻羽低聲說著，越影點點頭。
「嗯……踰輝，妳等著，我們一定會……」

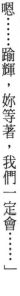

我們一定會去。

我們兩人一定會去救妳。

不管怎麼樣，一定會把妳救出來。

◇ ◇ ◇

淚如雨下。

臉上的冰冷感覺，喚醒了彰子的意識。

她聽見聲音。

——救救我。

好悲哀的聲音，充滿了恐懼、怯懦、瑟縮，卻還是……

——救救我，哥哥，啊！我不行了……

一次又一次地重複著。

——救救我……哥哥、越影，救救我……

這是最後的微弱哀鳴。

夢裡有抓住天馬的蛇的鱗片、逃不開的冰冷、逼近的尖銳利牙。

還有那個可怕的妖魔——

「……唔！」

彰子抽搐般倒抽一口氣，猛然張開眼睛。

有妖氣，是那個妖魔非比尋常的強大妖氣。

不，彰子的本能告訴她不可能。雖然很像潛藏在自己體內的異邦大妖魔窮奇，但是，困住自己的是完全不同的另一股妖氣。

眼睛看到的，不是自己在安倍家使用的房間。

周圍樹木環繞，應該是在某座山中。

彰子緩緩站起來，忽然聽見帶著笑的聲音。

「妳醒了？」

「……唔！」

她沒發現有個年輕人就站在旁邊。

「我叫嗚蛇，請記住我。」

她聽過這個名字，在夢裡，抓住天馬、背上長著翅膀的蛇，不就是叫這個名字嗎？

嗚蛇在屏住呼吸的彰子前面蹲下來，露出關心的表情。

「啊，妳的臉色很差呢！不用擔心，妳很快就不會害怕了。」

一陣寒慄掠過背脊，彰子全身顫抖起來。她看著鳴蛇，發現它背後還有另一團凝聚的黑暗。

是可怕的妖魔，把龐大的力量藏在黑暗的牢籠裡。

不知為什麼，彰子看得見那個妖魔，很可能是因為她體內有大妖魔的詛咒。

妖魔對全身僵硬的彰子說：

「女孩，妳將成為我的糧食！」

低吟聲回音繚繞。彰子覺得頭暈目眩，不由得癱軟下來時，一股熟悉的香味搔弄著她的鼻頭。

害怕得無法動彈的她所聞到的淡淡香味，究竟是什麼呢？

《救救我……》

她彷彿聽到一陣非常、非常微弱的啜泣聲。

到達朱雀大路的昌浩，忽然停下腳步，張大了眼睛。

心跳急遽加速，撲通撲通跳得又快又響亮。

昌浩不由得按住胸口，環視周遭。

「怎麼了？」

跟他走在一起的小怪問他。他敷衍地回應，還是不停地向四周張望。

感到奇怪的勾陣猛然回頭，看到三個小身影往他們跑來。

「那是……」

聽見勾陣的聲音，也偏過頭往後看的小怪和昌浩，看到往他們跑來的三隻小妖，訝異地瞪大了眼睛。

「孫子——！」

聽到猿鬼的叫聲，昌浩不悅地半瞇起了眼睛。

「不要叫我孫子！」

獨角鬼和龍鬼對怒吼的昌浩說：

「沒時間吵這個了，孫子！」

「小姐危險啦！」

正作勢要把小妖們踢飛出去的昌浩屏住了呼吸。

「咦……？」

正在睡覺的晴明也被轟然雷動的聲音所吵醒。

「晴——明——！」

好幾個聲音重重疊疊，簡直吵死人了。

在晴明房間外廊現身的太陰，發出不輸給它們的怒吼聲：

「你們很吵耶！臭小妖，這麼晚了，你們不知道會吵到人嗎？」

被劈里啪啦罵了一頓，在牆外跳來跳去的小妖們，都擠在一起縮成了一團。只要惹火十二神將，不管對方的外型多嬌小，它們都會在瞬間被消滅。

像疊羅漢一樣疊到牆上的小妖戰戰兢兢地開口說：

「可、可是……」

「可是什麼？再妨礙晴明睡覺，我絕不放過你們！」

在太陰旁邊現身的白虎哭笑不得地看著太陰。在他聽來，太陰的怒吼更擾人清夢。

如果玄武在，一定會說出來，但是聰明的白虎只埋藏在自己心底。

「太陰，它們在吵什麼？」

聽到吵鬧聲的晴明把外套披在單衣上，走了出來。現在是嚴冬，冷風颼颼，非常寒冷。

「你們看吧！把晴明吵醒了。」

被派去吉平那裡的青龍和天后，臨走前嚴厲地交代過太陰，不可以讓晴明一個人出來，所以太陰覺得責任重大。

而且，小妖們每次來都沒好事，所以她也被叮嚀過，千萬不要聽它們的話。

當小妖們來求他們收容時，也是青龍和天后堅持不讓它們進屋內。被那兩人一瞪，小妖們都不敢再死纏活纏，垂頭喪氣地離開了，改躲到車之輔住的戾橋下。

疊羅漢疊到最上面的小妖死命地說：

「藤原小姐出事啦！」

「什麼？」

晴明驚訝地皺起眉頭，對太陰使眼色。儘管已經老了，晴明還是不敢擅自進入彰子的房間。

接到指示的太陰，從外面繞到晴明房間隔壁的彰子房間，又驚慌失色地跑回來。

「晴明，彰子小姐不見了！」

「什麼?!」

「因為木拉門開著，我就進去了，她竟然不在裡面。我摸過被子，完全沒有殘留的體溫。」

可見已經消失一段時間了。

晴明臉色發白，小妖們你一言我一語地對他說：

「有個可怕的傢伙，不知道怎麼做的，把小姐引出去了。」

「呃，我記得它好像說，窮奇還是什麼留下的禮物之類的。」

「還有，我們覺得那傢伙的目標應該不是小姐。」

「啊！對了，它還說它的主人正等著方士。」

晴明瞠目結舌。原本七零八落的消息，瞬間整齊排列在一條線上了，讓晴明有股咂舌的衝動。

「失算了……！」

「晴明，怎麼了？」

白虎驚訝地問。晴明難掩焦躁地說：

「它們的最終目標不是彰子，而是昌浩。」

異邦妖魔在找有靈視能力的人。那些遭到攻擊的貴族都有靈視能力，而攻擊者都是擁有強大力量的異邦妖魔。

幾乎無力反擊的人，也都沒有被殺，為什麼？

是不是想等昌浩察覺這樣的狀態，自己主動出來？

「什麼？」

「彰子是用來引出昌浩的誘餌。」

倒抽一口氣的太陰飄到半空中，讓視線高度與晴明對齊。
「可是，它們是怎麼把小姐帶走的？這座府邸有結界環繞，不突破結界就沒辦法下手呀！」
白虎抓住驚慌失措的太陰的肩膀說：
「太陰，妳冷靜點。」
「可是……！」
晴明安撫似的撫摸著太陰的頭說：
「異邦妖魔很可能是利用了彰子體內的詛咒，所以我跟你們都沒發現。而且傍晚撞見窮奇，也讓彰子受到極大的震撼。」
「它們為什麼要這麼做……」
晴明瞥一眼困惑的太陰，轉過身說：
「大概是為了讓昌浩自動送上門吧！」
窮奇的漆黑身影閃過晴明腦海。
——那小子會把你們統統都……
帶走彰子的妖魔，背後還隱藏著其他威脅。
「有妖魔想得到昌浩，現在還不知道它的來歷……」

現在，必須盡快找到彰子的行蹤。雖然只是誘餌，但是，彰子本身還是擁有足以成為祭品的強大靈力，這是改變不了的事實。

就在這瞬間——

晴朗的天空閃過雷光。

晴明猛然抬起頭，看到北方夜空再度閃過雷光，映照出長長的龍身。

太陰和白虎茫然地眨眨眼睛。

「這時候……祂要幹嘛……？」

差點口出惡言的晴明，靠理性克制住了。

貴船祭神的召喚，絕不能拒絕。

「……沒辦法。」

但是，怎麼樣都無法平靜下來，老人輕輕地咂了咂舌。

昌浩接到小妖們的通報，正要往前衝時，被小怪一把拉住。

「等等，昌浩。」

「為什麼?!」

昌浩的語氣十分急躁，勾陣擋在他前面說：

「你又不知道妖魔和小姐在哪，要去哪裡找？」

「這……這……」

無言以對的昌浩垂下頭，握起拳頭。

危險正逼向彰子，自己還在這裡做什麼呢？

一籌莫展，沒有任何線索。帶走她的妖魔在哪裡？為什麼要帶走她？

只有一點可以確定，就是把她抓去當祭品，因為她擁有窮奇也曾覬覦過的強大力量。

「如果是爺爺……」

肩膀顫抖、垂頭喪氣的昌浩低聲嘟囔著，小怪和勾陣聽了都很震驚。

昌浩的眼波交雜著懊惱與憤怒，激動地蕩漾著。

「如果是爺爺，絕對不會讓這種事發生。不管怎麼樣，都不會讓彰子陷入險境……也不會像我這樣，什麼都沒辦法做……！」

「昌浩……」

「我……什麼也做不到……！」

每次、每次都只有嘴巴會說，在緊要關頭，就會暴露出自己的無能。

小怪以眼神制止正在找話說的勾陣，自己走向前一步。

夕陽色的眼睛，直直看著垂頭喪氣的昌浩。

「——真的是這樣嗎？」

「咦……」

直視著自己的眼眸沒有半點陰霾，是直接把夕陽融入眼底的深色。

夕陽色的眼眸，總是守護著昌浩。是在昌浩身旁，把他徹徹底底看得很清楚的唯一一雙眼睛。

「你真的什麼都做不到嗎？你就這樣把你以前做過的事全都否定了？」

「小怪……」

小怪打斷昌浩的話，又接著說：

「在東三条，是誰擊退巒巒，救出了彰子？在貴船，是誰從鶚和駿手中救出彰子，又鎮住了我的火焰？是誰承接了彰子身上的詛咒、折磨和疼痛？」

小怪的聲音逐漸帶有感情，愈說愈激動。

「是誰抱定再也回不來的決心，參與了那場戰爭？是誰不惜犧牲自己，使用必須付出生命的法術，殲滅了那個窮奇?!」

小怪眯起眼睛，額頭上的花樣圖騰綻放著淡淡的光芒。

「我全看到了，那些都是你做的！雖然你不是曠世大陰陽師，而且還是個半吊子，但是，就是因為你不顧一切往前衝，才改變了彰子的天命，不是嗎？昌浩！」

你總是注視著前方，勇往直前。

只為了把無法實現的心願藏在心底，對她許下的承諾。

只為了完成在那短短的日子裡，原本會是最後一次的約定。

絕不能否定你甚至不惜犧牲生命的那股意志。

「不要說那種話，你不是要超越晴明嗎？你不是發過誓，要超越那個背影嗎？」

小怪眼底，淨是昌浩經歷的日子、完成的許多事。

一個聲音在昌浩耳中響起。

——你看著吧，我會成為大陰陽師！

那是某天昌浩說過的話。

那是被逼到窮途末路也絕不屈服的自己，對自己的誓言。

「如果你覺得自己什麼都沒做到，從現在開始做就行了。又還沒到終點，你都還停在這裡，還沒動起來呢！」

昌浩挺直背，仰望天空，做了個深呼吸。

曾許下承諾要保護她。

除了自己，沒有其他人可以完成這個承諾。

「嗯……嗯，對不起，小怪，我忘了很重要的事。」

小怪用力甩動尾巴，瞇起夕陽色的眼睛。

「真是的……振作點嘛！晴明的孫子。」

「不、不要叫我孫子！」

默默看著兩人過招的勾陣微微一笑，聳起了肩膀。

安倍晴明也曾一次又一次地懊惱自己的無能，大受打擊，仰天長嘆。

十二神將都知道，就是經歷過那些日子，才有現在的晴明。

這個被神將騰蛇視為唯一接班人的孩子，幾時才會超越那個背影呢？

忽然，風向變了。

昌浩猛然轉移視線。

原本沒有人的柳樹下，站著一個年輕人。

「嗚蛇！」

小怪與勾陣都擺出了防備的姿態，但是嗚蛇沒理他們，對昌浩必恭必敬地一鞠躬。

「我來替我們主人傳話。」

「傳話？」

嗚蛇浮現淡淡的虛偽笑容，點點頭說：

「是的，我們主人說，那個女孩在它手中，想要回她，就去那座山。」

鳴蛇把手一伸，指向聳立在京城東方的其中一座山。

「大文字山……？」

小怪陰沉地嘀咕著。鳴蛇瞥它一眼，冷冷地說：

「恐怕就算我說只能方士一個人來，你們也不會聽吧！」

就在小怪與勾陣同時踏地而起時，鳴蛇的身影瞬間不見了。

勾陣的筆架叉擊中的是鳴蛇的殘影，沒有什麼感覺。

「只剩影子……」

小怪咂咂舌，回頭對昌浩說：

「你打算怎麼做？」

昌浩毅然抬起頭說：

「當然要去……」

9

使用離魂術以年輕模樣出現的晴明，站在位於貴船山正殿區的船形岩石前，神將太陰和白虎隨侍在側。

晴明等人是在不久前，乘坐白虎的風來到貴船。

過了一會，正殿上空出現清淨的神氣，降落在船形岩上。光輝燦爛的龍身，轉眼間變成了人形。

貴船祭神高龗神坐下來，一腳伸直、一腳弓起，美麗的臉龐泛著飄逸的微笑。

「好久不見了，安倍晴明。」

晴明默默低頭致意。

「想必你也已經發現了，異邦妖魔再次入侵我國，它們的目標是……」

「恐怕是……我孫子吧！」

高龗神興致盎然地眯起眼睛說：

「喲，你這麼想嗎？嗯，沒有錯。這次的妖魔是追隨異邦大妖魔窮奇的足跡而來，兩者之間似乎有很深的因緣。」

太過震驚的晴明啞然失言，貴船祭神鄭重地告訴他：

「我是從妖魔藏身之前，飄來我這裡的妖氣看出來的……不過，也只有這些訊息了。」

晴明眨眨眼說：

「神啊！請恕我僭越。」

深藍色的眼睛催促晴明說下去。

「您找我來，就是為了告訴我這些事？」

貴船祭神嫣然一笑。

「你只說對了一半，我是想告訴你孫子，而不是你。」

「這……」

女神優雅地站起來。

「我要你轉告他，如果他再來求我，我會再借他一次神的力量。」

瞇著眼睛的高龗神，全身逐漸被燐光包覆。

「既然對手是異邦妖魔，他很可能需要我的幫忙……」

龍神就那樣消失在莊嚴的風中，正追逐龍神身影的晴明聽見太陰難掩訝異地喃喃自語。

「沒想到那個我行我素的神，會自己說出那樣的話……」
晴明苦笑著說：
「就是啊！那小子真了不起。」
浮現淡淡笑容的晴明，眼神完全就像為孫子的成長感到高興的老人。太陰和白虎都看見了，那分喜悅裡有著絕不會在昌浩面前呈現的感情。
晴明甩甩頭，轉向白虎說：
「白虎，你可以從風中讀取類似窮奇妖氣的軌跡嗎？」
從風中探索隱藏的氣息，就能找到妖魔的所在處。妖魔的氣息既然不輸給窮奇，就沒那麼容易消失。
白虎面有難色地說：
「時間經過太久了……我試試看。」
晴明轉向太陰說：
「太陰，妳去昌浩那裡。」
「咦……」
少女繃起了臉。晴明也知道，她害怕小怪的原形騰蛇，但是現在沒有時間替她考慮那麼多了。

「拜託妳，不管妖魔在哪裡，昌浩他們都需要靠風移動。」

太陰哭喪著臉，求救似的看著白虎。白虎很能理解她的心情，但是這次怎麼樣都幫不上忙了。

「太陰。」

「知、知道了……」

如果她可以代替白虎，從風中讀取訊息就好了，無奈她不擅長這件事。對她來說，探索快消失的妖魔氣息，是有點難以勝任的工作。

「對不起。」

看到晴明滿臉歉意，太陰勉強擠出笑容說：

「你每次都是拜託，而不是命令，我怎麼能不聽呢？」

個子嬌小的神將乘著風飛上了天空。

跟著昌浩從朱雀大路進入二条大路，再直直往東方疾馳的勾陣，察覺風中挾帶著同袍的氣息，四下張望。

神將太陰發現勾陣他們，從天空滑行而下。

「太陰。」

聽到勾陣的聲音，昌浩和小怪也抬頭往上看。視線與小怪交會的太陰很想轉頭再飛上去，但是她靠意志力克制住自己，儘可能降落在離小怪最遠的地方。

勾陣了解她的心情，抓住小怪，與她拉開距離。

「喂！勾。」

「沒辦法啊！」

小怪滿臉委屈，但沒有再多說什麼，因為現在不是爭論的時候。

「太陰，怎麼了？」

為了配合昌浩的視線高度而飄浮在半空中的太陰，看著北方的貴船說：

「晴明拜託我來找你。」

「爺爺……？」

昌浩不由得遙望北方，感歎不已。那個祖父，真的是千里眼。他漸漸覺得，由此可以證明，自己認為祖父不是人類而是狐狸怪，是非常正確的想法。

他趕快把這些胡思亂想撇到一邊，指著東方的山說：

「太陰，帶我們去大文字山。」

「咦？」

昌浩接著對驚訝的太陰說：

「鳴蛇跟彰子都在那座山中。」

太陰倒抽了一口氣。

「知道了。」

就在她點頭的同時，所有人都被強風包圍了。

「我會以最快速度到達，你要做好準備！」

為了以防萬一，她發出了警告，但風聲太大，昌浩沒有聽見。

正在讀風中訊息的白虎，聽到同袍透過風傳送回來的聲音。

《——白虎。》

壯年神將眨了眨眼睛。

《怎麼了？》

《知道彰子的下落了，她在大文字山。》

《什麼？怎麼回事？》

《是鳴蛇特地來通知昌浩。》

《這……》

白虎為之語塞，太陰用知道他在想什麼的口吻說：

《是的，顯然是個陷阱，但是……》

不去的話，彰子會有生命危險。昌浩只有一條路可以選擇。

《請把這件事告訴晴明。》

《知道了，你們小心點。》

《嗯。》

風就此消失，通話也中斷了。

白虎嘆口氣，轉向在一旁看著他的年輕人說：

「晴明，太陰的風傳來了訊息——」

✖ ✖ ✖

好像有什麼聲音。

——救救我……

翻羽倒抽了一口氣。

「踰輝……？」

聽到純白色天馬的喃喃低語，漆黑的天馬站了起來。

它的耳朵也接收到同樣的聲音。
「是踰輝，是踰輝的聲音……」
那一天，被可怕妖魔帶走的嬌小天馬的身影，至今仍烙印在它們眼底。
它不知道有多害怕呢！那個在天馬中也算嬌小的瘦弱少女，甚至不曾獨自離開過天馬鄉。每次外出時，一定有翻羽和越影陪同。
現在，不但被帶來跨海的遙遠異國，還跟可怕的妖魔在一起。
它一定哭了。因為害怕、恐懼，一定哭個不停。
「我們走，越影。」
翻羽展開了翅膀，越影點點頭說：
「嗯。」

＊　＊　＊

鳴蛇佇立在林木繁茂的山峰一角，靠近大文字山的山頂附近。
今晚濃雲密佈，沒有星星、月亮，完全隱藏了它們的行蹤。
「告訴妳……」鳴蛇轉過身，冷冷地笑著說：「方士無論如何都會來，到時候妳就沒用了。」

背部緊靠著樹幹縮成一團的彰子，肩膀顫抖了一下。

「……唔！」

她拚命壓抑快要從喉嚨迸出來的慘叫，不斷在心裡重複著：

救救我、救救我，昌浩，救救我。

會的，昌浩一定會來。他承諾過、他說過會保護我，我相信他的話。

彰子強撐起因害怕而萎縮的意志，開口說：

「為……為什麼這麼做……」

眼角開始發熱。為什麼會想哭呢？應該有很多理由，她卻搞不清楚了。

嗚蛇聳聳肩，攤開雙手說：

「喲，妳的好奇心還真旺盛呢！都快沒命了，還想知道這種事。」

猛然把臉湊向彰子的嗚蛇，冷冷地笑了起來。

「為什麼？因為我們主人想得到方士的力量呀！就是那個打倒窮奇的方士。聽說拿他當祭品，妖力就會變得更強大。」

冰冷的手指掐住了彰子的脖子。

「妳也是窮奇想得到的祭品。我為主人如此竭盡心力，拿妳的幾片肉、幾滴血來犒賞自己也不為過吧？」

前端分岔的細長舌頭，在鳴蛇的嘴裡不停地伸伸縮縮。

彰子的眼眸凝結了。

「妳的肉、妳的血，是什麼味道呢？我真的太想嘗試了……」

一股腥臭味衝鼻，彰子不由得把臉撇開。

「……昌……浩……！」

剎那間——

風颼颼吹起，飛來兩個身影。

鳴蛇赫然抬起頭，不耐煩地咂了咂舌。

「天馬……！」

彰子張大眼睛，四處張望。

在漆黑中，應該什麼也看不見，她卻看到了兩隻天馬。

漆黑的天馬一降落，就撲向了鳴蛇。

「不准傷害踰輝！」

鳴蛇看起來像是被迸射的妖力彈飛出去，身體在半空中旋轉後，停滯在上空俯瞰著天馬們。

純白天馬轉過身，以仇恨的眼神瞪著嗚蛇。

「嗚蛇，那傢伙在哪？跟你一起奪走踰輝的那傢伙……！」

每當聽天馬提到那個名字，彰子的心跳就會驟然加速。她按著胸口，不停地喘氣。

越影單腳著地，向她伸出了手。

「踰輝、踰輝，妳在裡面嗎？」

彰子努力地抬起頭，緩緩地搖著頭說：「不……我不是踰輝……」

踰輝是天馬，被可怕的妖魔襲擊、帶走，然後、然後……

越影訝異地瞇起眼睛，注視著彰子，沒多久就瞪大了眼睛說：

「……是靈魂的顏色很相似……！」

相似到讓人誤以為，她就是那個變身成瘦弱少女的嬌小天馬。

幾個畫面閃過彰子的腦海——

被扯碎的翅膀、飛濺的鮮血、咬住喉嚨的牙齒、在模糊視野裡看到的可怕眼睛。

「踰輝……已經……」

淚水從彰子的眼睛溢出來。

我好怕、我好怕，救救我，救救我，哥哥、越影，救救我，救……救我——

什麼東西啪吵掉落在彰子膝上。

她淚水汪汪的眼睛，往那個東西望去。
竟然是昌浩說被搶走的那個香包，串住香包的皮革被扯斷變短了。
伽羅香味隨風飄來，搔弄著鼻頭。
作夢時，也有聞到同樣的香味。
「那麼，踰輝在哪……」
越影啞然失言，彰子從他的肩頭望過去，看到一大片的黑暗。
為什麼自己在黑暗中可以看得見呢？
伽羅香味蔓延，心跳急速，彷彿在訴說著什麼，跳得又強又劇烈。
彰子張大了眼睛，她發現這個心跳不是自己的。
有什麼刺激著心跳、撼動著心跳。
是被殺死的天馬靈魂的哀號。
「天馬啊！你們太礙事了。」
凝聚的黑暗大大地膨脹起來。
越影轉過身，激動地大叫起來。
「原來你在這裡，嶺奇——！」
凝聚的黑暗瞬間散開。

異邦大妖有著老虎的四肢、大鷲的翅膀，散發著強烈的妖氣。
在彰子體內的窮奇詛咒蠕動起來。
——臭小子……
耳朵深處響起那個可怕的咆哮。跟剛才完全不一樣的波動敲擊著心臟，掠過全身。
彰子戰慄不已，臉色發白，大妖魔用低沉而陰森的聲音對她說：
「女孩，妳怕嗎？」
大妖魔嗤笑著。
「窮奇……怎麼會……」
呼吸困難的彰子喃喃說著。越影告訴她：
「那不是窮奇，是跟窮奇有血緣關係的嶺奇。」
彰子體內的詛咒開始窸窸窣窣地騷動起來，充斥著強烈的憎恨與深深的怨懟。
跟窮奇長得一模一樣的妖魔清清喉嚨說：「窮奇竟然被虛弱的人類擊倒，實在太丟臉了。它知道敵不過我，就把我關在大岩石裡。」
當時的不快記憶，瞬間浮現嶺奇腦海。
——嶺奇，除非我死，否則你永遠都不會被放出來。
——可惡、可惡……！

——不管你怎麼狂吼狂叫，都逃脫不了我的束縛。

嶺奇猙獰一笑。

空氣劈里劈里地震盪起來，嶺奇散發的妖氣逐漸擴散，扎刺著肌膚。

「但是，窮奇，你實在沒什麼能耐，兩三下就被區區人類殺了，所以我才能恢復自由。喂！窮奇，我會代替你，吃掉那個擊敗你的人。」

嶺奇的嘶吼轟然震響，蓄勢待發的妖力在黑暗中爆開來。

「天馬，還有女孩，你們正好成為我的糧食！」

越影挺身護住彰子，擋開咆哮的嶺奇的妖力。

「為什麼……?!」

越影沒有回答。

嶺奇用力拍振翅膀，吼叫聲回音繚繞，颳起強烈的妖氣狂風。

「越影！」

翻羽正要走向越影，被鳴蛇擋住了。

「不准妨礙嶺奇大人！納命來吧，天馬！」

鳴蛇的妖氣化成飛礫，襲向翻羽。轉眼間，翻羽身上的衣服就裂開了，鮮血四濺。

「可惡……我要替我們天馬一族報仇！」

過著和平生活的天馬們，被窮奇和嶺奇消滅了。同伴們被鳴蛇這個妖術打成蜂窩死去的身影，還深深烙印在眼底。

「天馬雖然脆弱，卻有強勁的妖力，肉也美味可口。不只嶺奇大人，連我們都大享了口福。」

翻羽和拚命阻擋嶺奇妖氣的越影都瞠目結舌。

遭突擊後，兩人不曾再回過天馬鄉，但是心裡一直記掛著，總有一天要回去安葬同胞們。

翻羽的眼眸充滿震撼。

「總不會……全被你們吃了……？」

鳴蛇前端分岔的細長舌頭舔著蒼白的嘴唇。

「現在只剩下你們了！」

嶺奇的咆哮震天價響，颳起劇烈狂風，把翻羽吹得又高又遠。

「翻羽！」

越影一時鬆懈，嶺奇就乘隙發動了攻擊。

拍振翅膀引起的氣流打在彰子臉上，她卻沒辦法閉上眼睛，也無法把臉撇開。

「從妳開始，女孩——！」

嶺奇步步逼近，彰子看到嬌小的白色天馬與它的身影重疊，還有個掩面哭泣的纖弱少女。

那是……

「踰輝……」

喃喃低語被捲入颼颼風聲裡。

有著刀刃般尖銳獠牙的嘴巴大大張開來。

鮮血四濺。

暖暖的液體灑在彰子臉上，直順的長髮遮蔽了她的視野。

「越影——！」

正與鳴蛇對峙的翻羽大叫。

被嶺奇的牙齒咬住的越影，在全身僵硬的彰子面前，單腳跪了下來。

「越……越影……」

彰子從喉嚨擠出翻羽叫喚的名字。

嶺奇不屑地嗤之以鼻，咬碎了越影肩膀的肉。

越影按著勉強靠骨頭和韌帶連住的右肩，臉色蒼白地倒下來。鮮血不斷從躺在地上的年輕人的右肩傷口流出來，他的臉已經蒙上死亡的陰影。

——……越……

彷彿聽見嬌柔的低喚聲，越影使盡渾身力量撐開眼睛。

變成人形的踰輝正緊緊抓著他啜泣。

「為什麼……」

越影想把手伸向嗚咽哭泣的踰輝，卻發現自己手上沾滿了血，立刻縮了回去，但是被踰輝的雙手緊緊握住。

「越影，為什麼……」

「踰輝……」

越影瞇起眼睛，再也發不出聲音。

因為他早已下定決心，如果還有下次，即使犧牲自己的生命，也要保護當時沒能救成的踰輝。

嬌小的天馬、纖細的少女，在那遙遠的日子，總是直視著自己，對一身漆黑的自己、對異種的自己說：你好美啊！

——越影的毛，美得就像山那邊的黑水晶……

因為她的關係，越影第一次接受了異種的自己。

「越影！越影……！」

翻羽在遠處叫著。啊，你看，踰輝很害怕吧。你也知道她很膽小呀！

「……踰……」

——越影，我好怕，我真的好怕、好怕。

越影瞇起了眼睛，他聽到踰輝的聲音，還有其他的嚶嚶啜泣聲。

那個人類的少女與踰輝的身影交疊，正在哭泣。少女不顧自己的白色單衣被染成紅色，雙手握著他沾滿血的手。

「……為……什麼……？」

越影微微一笑。

我知道妳不是她，但是妳們太相似了，靈魂的顏色太相似了。

喜歡伽羅香味的踰輝，和散發著伽羅香味的少女。

——但是，我相信……我相信你和哥哥一定會來救我。

踰輝邊流著淚，邊微笑著。從越影的眼眶，也滑下了一滴淚水。

原來妳在這裡。

踰輝，我們回去吧！三個人一起回去天馬鄉。

「……越影……」

天馬的手滑落下來，彰子的淚水啪答啪答落在它沾滿血的手上。

在黑暗中，自己的眼睛不使用任何法術就能看清楚一切，是因為踰輝的心就在附近。踰輝努力透過靈魂顏色相似的她，讓大家知道自己就在這裡。

「愚蠢的天馬，快成為我的糧食……什麼?!」

嶺奇滿臉驚愕。不回應的天馬全身被灰白色的光芒包圍，無聲無息地消失了。

「怎麼會這樣……？」

看到出乎意料的光景，鳴蛇瞠目結舌。翻羽憤怒地大叫：

「這是我們為了萬一，給自己施行的法術，絕不讓我們的一滴血、一片肉落入你們手中！」

為了不讓自己喪命後，成為嶺奇或其他妖魔的糧食，他們在自己身上施行了消滅屍骸的法術。

嶺奇低聲咆哮，回頭看著翻羽。

「既然這樣，我就把你生吞活剝！鳴蛇，抓住它！」

接著，嶺奇又轉向了彰子。

她只是個無力的人類女孩，但既然是窮奇想得到的祭品，應該就是上等貨。

「我要替窮奇吃了妳！」

「昌、昌……」彰子舉起手遮擋，哀叫著：「昌浩——！」

10

唯獨那個聲音，應該聽得見吧！

不管風吹得有多狂亂。
不管隔開兩人的距離有多遙遠。

因為那聲音，會撼動烙印在心底深處的誓言。
因為那聲音，會振奮曾經發誓絕不違背的心。

在無限延伸的黑暗中，昌浩不知道為什麼，找到了那個地方。

「就是那裡，太陰！」

被強烈氣流包圍的昌浩指著大文字山的一角。

不能問為什麼，因為昌浩的氣勢不容許大家發問。

太陰直直飛向了那個地方。

看似狂風的妖氣正往上噴射，小怪知道昌浩說得沒錯。

妖氣中的一個氣息消失了。

「那是……天馬?!」

勾陣低喃著，小怪很快從她肩上跳下來，穿越太陰的風，跳落地面。

昌浩也跟著衝出氣流。

「昌浩！」

受到驚嚇的太陰大叫，昌浩不管她，結起手印怒喊：

「嗡阿比拉嗚坎夏拉庫坦！」

伴隨著咒文迸發出來的靈力，粉碎了比黑夜還要漆黑的黑暗。

原本躲藏在黑暗中的妖魔無處遁形，險些被妖魔襲擊的少女也現身了。

「彰子——！」

彰子赫然抬起頭。

從沒有星星、月亮的黑夜裡，傳來轟然聲響。

「昌浩！」

狩衣迎風鼓起的昌浩快速地往下降落。

最先降落地面的小怪，咆哮著用身體去撞嶺奇。

「唔……啊！」

昌浩身上纏著太陰及時放出來的風，降落在連翻好幾個筋斗的嶺奇面前。

看到他的背影，彰子忍住了快掉下來的淚水，頓時有了安全感。

「彰子，有沒有受傷？」

回頭看的昌浩啞然失言，因為她的白色單衣上血跡斑斑。看到昌浩臉色發白，彰子緩緩地搖著頭說：

「不……這是天馬的……越影的血……」

說著，她覺得眼角熱了起來。

「為了保護我，他……」

她說到這裡就說不下去了。

「是越影啊……原來如此……」
剛才消失的是天馬的氣息，彰子說的就是那隻天馬。為了保護她，天馬被妖魔攻擊喪命了。
昌浩感到心痛，但是看到彰子沒事，不禁鬆了一口氣。
「方士……」
帶著喜悅的低吼聲震響。昌浩看到與窮奇長得一模一樣的異形，倒抽了一口氣。這時候，小怪滑入了他腳邊。
「跟窮奇相似的妖氣……高龗神說的就是它！」
「鳴蛇的主人？跟窮奇是什麼關係……」
嶺奇爬起來，沒好氣地說：
「窮奇是我哥哥，又蠢又窩囊，我要感謝你殺了它。」
嶺奇的紅色舌頭舔著嘴唇。
「吃了你，就可以增強我的力量！你跟那隻天馬，都會成為我的糧食！」
昌浩轉頭一看，與鳴蛇對峙的翻羽也已經遍體鱗傷了。
儘管全身鮮血淋漓，翻羽還是對鳴蛇發動了妖力的攻擊。
「唔……！沒想到你還有這樣的力量……」

翻羽撇下搖搖欲墜的鳴蛇，轉而突擊嶺奇。

「嶺奇——！」

大妖魔展開翅膀，妖力隨著翅膀的拍動逐漸膨脹，包圍了翻羽和昌浩等人。

「什麼?!」

聲音消失了，風產生了質變。

小怪赫然驚覺：「糟了！這是……」

嶺奇的咆哮引起特別的回響，震盪繚繞。

「你們絕對逃不了……！」

深沉的黑暗逐漸吞噬了小怪和昌浩。

「昌浩！」

彰子發出慘叫。轉眼間，愈來愈濃烈的黑暗就被吸進了地底，小怪和昌浩都忽然消失了。

她慌張地東張西望，發現連翻羽都不見了，難道是被嶺奇的力量帶去哪裡了？

「昌浩、小怪！」

她的雙眸頓時凍結了。

眼前只剩下異邦妖魔鳴蛇。化身為年輕人的它，眼珠像蛇般逐漸縮小。

「他們太大意了。」

嘻嘻嗤笑的鳴蛇故意緩慢地跨出步伐。

「怎麼樣，要不要我一口把妳吞了？這樣妳就不會覺得痛了。」

彰子看到在妖魔嘴裡伸伸縮縮的分岔舌頭，噁心得全身起了雞皮疙瘩。

鳴蛇像是故意在煽動彰子的恐懼，又沉著地接著說：

「還是要我先砍斷妳的脖子，把噴出來的血喝到一滴不剩，再剝了妳的皮呢？放心吧！一點都不會覺得痛……」

就在這一剎那，兩個纏著風的身影降落在舔著嘴唇的鳴蛇與彰子之間。

鳴蛇的臉色大變。

「妳們……！」

從腰間拔出筆架叉的神將勾陣與高舉雙手召來龍捲風的太陰，狠狠地瞪著鳴蛇。

太陰身上的風颼颼狂嘯，產生氣流，高高吹起彰子的頭髮。

勾陣把左手的筆架叉指向鳴蛇眉間，嚴厲地宣告：

「異邦妖魔，我來對付你！」

回過神時，自己正站在不知名的荒野。

昌浩環視周遭。

「這裡是……」

「是嶺奇做出來的異界。」

從附近傳來的不是小怪的聲音。

天馬翻羽走向全身緊繃的昌浩。

灼熱的鬥氣迸射出來，高大的身軀出現在昌浩身旁。

「不准再靠近。」

被擋住去路的翻羽火爆地說：

「我有話跟那個方士說。」

「什麼話？」

紅蓮懷疑地問，昌浩從他旁邊溜過，繞到前面。

「昌浩！」

被大聲斥責，昌浩回頭看紅蓮一眼說：

「沒關係。」

勉強答應的紅蓮眼神十分嚴厲，但什麼也沒說。昌浩暗自鬆口氣，轉向了翻羽。

「嶺奇是我的仇人，它殺了我的族人、妹妹、好友……」

「好友……」
另一隻天馬的身影閃過腦海，就是那隻為了保護彰子而被窮奇殺死的天馬。
翻羽悲痛地說：
「方士，請你協助我！」
對於突如其來的請求，昌浩和紅蓮都不知道該如何回答。
翻羽又接著說：
「很遺憾，我對付不了窮奇。但是，如果……如果曾經打倒窮奇的你們肯助我一臂之力，說不定……」
昌浩握起了拳頭。
與窮奇之間的血戰浮現眼前。現在的昌浩沒有帶符咒，也沒有當時決定勝負的降魔劍。
這樣能贏得了妖氣勝過窮奇的大妖魔嗎？
昌浩默默地轉頭一看，紅蓮正低頭望著自己。那雙眼睛似乎在告訴他，尊重他的任何決定。
昌浩想著。
想著所愛之人被殺的天馬的心情，想到它的家人被異邦妖魔襲擊，昌浩就覺得心如

刀割。天馬所承受的，是昌浩無法想像的痛，因為昌浩沒有如此失去過。

翻羽顫抖著肩膀，嘶吼地說：

「我……我沒能保護踰輝……！」

昌浩心頭一驚，倒抽了一口氣。翻羽沒有注意到昌浩發愣的樣子，哭喪著臉，用一隻手掩住眼睛。

「她是我唯一的妹妹啊……！我決定要為她的幸福而活，卻……！我跟越影曾發過誓，絕對要保護踰輝，而今……！」

無法履行的誓言在胸口悶燒著。苛責的聲音，不外是來自於自己。

被嶺奇殺死的踰輝的靈魂，還被囚困在嶺奇體內。

「我必須把踰輝從嶺奇的咒縛解救出來，所以需要你的幫忙。」

昌浩又看了紅蓮一眼，紅蓮的眼神還是跟剛才一樣。

說到心中的誓言，昌浩也有，而且跟烙印在天馬內心的一樣。

昌浩下定決心說：

「我會消滅嶺奇，目的跟你一樣。」

翻羽的眼神頓時變得柔和。

就在這時候，一片寂靜的世界撼動起來。

從地底下傳來的咆哮聲，形成層層繚繞的回音。

「有意思，太有意思了，幾個小雜碎也想擊敗我嶺奇！」

「嶺奇！」

「你在哪?!」

昌浩和翻羽怒聲叫喊，紅蓮輕輕舉起右手，狡詐地笑著說：

「異邦妖魔嶺奇，你不敢現身，是害怕了嗎？窮奇比你勇猛多了。」

聽到紅蓮語帶嘲弄的挑撥，嶺奇大發雷霆。

「不要把我跟窮奇混為一談！」

一聲怒吼後，從黑暗中躍出老虎的身影。紅蓮蓄勢待發的火蛇立刻炸開來。

「去死吧！」

灼熱的火蛇扭擺著衝向了嶺奇。從紅蓮身上冒出來的紅色鬥氣，把一片漆黑的異界照耀得十分明亮。

嶺奇大聲咆哮，爆發的妖力不但粉碎了火蛇，還把地面震得龜裂。

天馬翻羽恢復了原形。

「方士，快坐上來！」

才剛說完，天馬就銜起昌浩的衣領，把他拋到自己背上。

「唔哇！」

昌浩趕緊抓住天馬的脖子，沒多久就聽到翅膀高高飛起的拍打聲。

愈飛愈高，嶺奇也變得愈來愈小。嶺奇的力量製造出來的異界，彷彿沒有邊際。當時窮奇製造出來的異界也是，它們究竟擁有多大的力量呢？

面無血色的昌浩甩了甩頭。

要是失去鬥志，就真的輸了，而且他承諾過，絕對會消滅嶺奇。

晴明或許可以輕而易舉地制伏嶺奇。

然而，翻羽是求助於他。

彰子陷入險境時，呼喚的也是他的名字，而不是晴明。

至於紅蓮……

灼熱的鬥氣往上噴射，連昌浩他們飛得那麼高，都還能感受到強烈的熱度。

恐怕，每個人都會說，以後要像你祖父那樣哦！

但是，這些人絕對不會說，要超越你祖父哦！

只有紅蓮不一樣，十二神將中最強的男人，毅然決然地說：

——你要成為陰陽師、最優秀的陰陽師，更要超越晴明。

昌浩做過許多承諾，也絕不會違背這些承諾。

昌浩結起手印，閉上了眼睛。就跟當時抱定必死決心挑戰窮奇一樣，他集中全副精神吶喊：

「此術斷卻兇惡，驅除不祥，急急如律令——！」

靠咒文增強的靈力襲向了嶺奇。大妖魔一聲怒吼，連空氣都直打哆嗦，扎刺著昌浩的肌膚。濃烈的妖氣不減反增，愈來愈強勁。

「可惡！」

嶺奇瞪著飛翔的天馬，也揚起漫天塵土飛上天。它以那樣的體型無法想像的速度飛到天馬面前，舉起爪子銳利的前腳，怒不可遏地揮下去。

驚人的妖力炸開來，襲向及時閃開攻擊的天馬。

「……唔！」

天馬的身體一斜，把昌浩拋了出去。

地面上的紅蓮失色大叫：

「昌浩——！」

昏過去一會的昌浩被紅蓮的聲音喚醒，試著在半空中重整姿勢，卻被撲上來的嶺奇擊中了腹部。

「唔！」

昌浩的身體彎成ㄑ字形往下墜落，天馬立刻滑行到他底下。過大的衝擊讓昌浩呼吸困難，跟翻羽同時撞擊地面後，再也爬不起來，倒地呻吟。

放聲大笑的嶺奇飛落下來。

「太弱了、太弱了！雖然曾經打倒窮奇，畢竟還是孩子！」

「住口！」

灼熱的鬥氣化成白色火焰龍。伴隨著怒吼被放射出來的龍，扭斷了嶺奇的一隻翅膀。

「唔啊啊啊！」

嶺奇以妖力擊碎再度猛撲過來的火焰龍，忿忿地瞪著紅蓮。

「你這個服從卑微人類的墮落小神，我絕不饒你……！你多多少少也可以填飽我的肚子！」

爆發出來的妖氣比之前都強，紅蓮雙手交叉遮擋，但行動還是被困住了。

「可惡……！」

紅蓮咂了咂舌。與窮奇血戰時，還有同樣是鬥將的六合在。儘管兩人聯手還是陷入苦戰，但比現在強多了。

摘下額頭上的金箍，就可以不受封印限制，盡情發揮十二神將最強的通天力量。

但是，他不能這麼做，因為那是他給自己施加的封印。
從雙手交叉的縫隙尋找昌浩蹤影的紅蓮，看到昌浩在狂亂的妖氣中，正試著靠手肘撐起身子。
在昌浩身旁的翻羽，以堅毅的眼神瞪著嶺奇。
嶺奇沒有注意到它，因為它正集中全副精神，要擊破紅蓮用來自衛的火焰護牆。被打得落花流水的小孩跟天馬的動靜，它一點都不放在心上。
「臭小子！臭小子！」
連續不斷的衝擊襲向火焰護牆，若不是紅蓮全神貫注抵擋，恐怕連一擊都承受不了。
紅蓮刻意減弱通天力量，讓護牆維持在要破不破的狀態，藉此吸引嶺奇的注意力。
這是很可能賠上生命的危險賭注。
但是，紅蓮知道，那孩子是大陰陽師安倍晴明唯一的接班人。
他絕對不會違背諾言。
晴明透過太陰的風，得知大文字山的戰況全貌，把手指按在嘴唇上，陷入苦思中。
「晴明，你不用去大文字山嗎？」

搞不清楚主人想法的白虎問得有些僵硬。

他的同袍正在與異邦妖魔鳴蛇奮戰，從太陰逐一傳來的戰況報告，可以知道對十二神將第二好手勾陣來說，鳴蛇還是個強敵。

彰子在現場，恐怕也是勾陣無法使出全力的原因之一。她指示太陰帶著彰子離開現場，但是被鳴蛇阻撓了。

鳴蛇恰如其名，像蛇般狡詐，採取的是慢慢消耗勾陣體力的戰略。

「晴明，我想勾陣應該不會輸，但有點陷入苦戰也是事實……」

晴明舉起一隻手，打斷白虎的話。

「昌浩他們被嶺奇的妖力包圍，消失了蹤影，對吧？」

白虎點點頭，回應晴明的再次確認，因為太陰的風確實是這麼說的。

異邦大妖魔嶺奇是窮奇的族人，而且妖力勝過窮奇。

晴明看著自己的手掌，緩緩握了起來。

當時，為了打倒窮奇，晴明交給了昌浩一樣武器。那把武器和窮奇都被崩潰瓦解的異界吞噬，不存在了。神將們一心只想著要回到人界，根本沒有餘力回收那把武器。

現在又需要那把武器了，但是沒有時間重新打造，該怎麼辦呢？

晴明抬起頭說：

「——十二神將的天空，聽從主人命令。」

嚴肅的言靈回響著。

沒多久，回應來了。

《什麼事？晴明。》

在倒抽一口氣的白虎面前，晴明毅然決然地說：

「我心中有把降魔劍，你讓這把劍具體成形，送到我這裡來。」

他高舉著手，低聲下令。

《遵命。》

白虎覺得天空的口吻雖然鄭重，卻帶著淡淡的笑意。

晴明轉身對白虎說：

「帶我去大文字山，白虎。」

在驚人的妖氣風暴中，昌浩努力地爬了起來。

嶺奇正一次又一次地進攻紅蓮的紅色保護牆。

昌浩忍住劇痛，試著調整呼吸。一股血腥味湧上喉頭，他假裝沒察覺，儘可能集中所有靈力。

紅蓮知道他的意圖，所以單打獨鬥對付窮奇的攻擊。但是，恐怕支撐不了多久，因為窮奇的力量遠超過窮奇。

那傢伙的銀白色雙眼歷歷浮現，又讓昌浩想起咬住手腕的牙齒有多銳利。

當時，他手上纏繞符咒，現在沒有那些東西，他不知道能做到什麼程度。

但是，不殺了它，就會被殺。

「方士……」

正要開始唸咒文的昌浩被天馬制止，他回頭看著天馬翻羽。

純白色的毛血跡斑斑，可以想見五臟六腑也都被震碎了。天馬吐了好幾次血，聲音也嘶啞了。

「你有法術可以消滅它嗎？」

昌浩無言以對。他知道很多法術，但是已經沒有足夠的靈力，可以肯定地說自己做得到。

從表情看出昌浩在想什麼的翻羽忽然瞇起眼睛說：

「我願意犧牲天馬的生命，壓住那傢伙，你再取它的性命，拜託你了。」

「咦……」

昌浩瞠目結舌，翻羽微微一笑說：

「對不起，方士，我搶了你的伽羅香包。」

昌浩屏住了呼吸。

「那個香包我交給越影了……踰輝很喜歡伽羅香。」

踰輝最想見到的不是自己，而是越影。翻羽都知道，不可能不知道。踰輝是它從出生守護到現在的妹妹，它早就看透了妹妹的心。

「拜託你，方士。」

「翻羽……！」

昌浩慌忙伸出了手，還是來不及抓住翻羽的翅膀。

使出最後力量的翻羽，就在昌浩撲了個空的手的前方，展開翅膀，疾馳而去。

「嶺奇——！」

完全被置之不理的天馬發出的怒吼，震撼了嶺奇的耳朵。傷痕累累的翻羽，就站在它的視線前。連站都已經站不穩的天馬，從全身迸出了令人難以置信的妖力。

「臭小子……你竟然還有這樣的力量！」

翻羽撲向嶺奇，咬住它的喉嚨。

「唔哇啊啊啊！」

天馬的力量炸開來，形成光網，把嶺奇困在地面上。

「大膽的天馬！」

嶺奇激動地怒吼，把牙齒插入咬住自己喉嚨的翻羽的脖子，再一點一點地往裡面鑽。

翻羽不斷抽搐，但絕不鬆口。儘管全身流滿了嶺奇和自己的血，它還是催促昌浩說：

「趁現在，方士……！」

昌浩站起來結手印。

翻羽的力量很快就會耗盡。嶺奇一旦被釋放，就會暴跳如雷，大打出手。若不趁現在取它性命，一切努力都會歸於泡影。

然而，昌浩發現自己能力不足，恐怕只會讓翻羽白白犧牲。

「唔……！」

他懊惱、悔恨，幾乎要放聲狂叫。

這時候，一陣風打在他臉上。

是蘊涵神氣，凜冽而清淨的風。這裡是嶺奇做出來的異界，怎麼會有這樣的風？

「昌浩，接住。」

不該聽見的聲音灌入昌浩耳中，他回過頭，看到神氣纏繞的安倍晴明，手中拿著應該已經不存在的降魔劍。

「晴明?!」

紅蓮滿臉驚愕。晴明瞥他一眼，微微一笑，把劍遞給了昌浩。

昌浩茫然地問：

「怎麼會有……降魔劍……？」

「這是影像。」

晴明的說明讓昌浩瞠目結舌。

「是我匯集靈力形成影像，再借用天空的力量讓它成為實體，不能支撐太久。」

昌浩緊緊握住劍柄，晴明推推他的背部。

「我只能為你做到這樣，昌浩，去吧！」

接過來的劍，觸感比以前那把冰冷，也比較輕。但是，多了祖父如影隨形的靈力，強而有力地躍動著。

向前衝的昌浩，腦中掠過龍神狂妄的笑容。

看到沒什麼力量的小孩方士向自己衝過來，嶺奇嘲笑地說：

「笨蛋……！你怎麼可能贏得了我！」

灼熱的鬥氣從紅蓮全身迸放出來。然而，紅蓮猶豫了，因為放射出去，不只會燒到嶺奇，也會燒到翻羽。

「……翻羽！」

然而，翻羽以眼神告訴他，非趁這時候打倒大妖魔不可。

白色火焰貫穿大妖魔，火焰從傷口噴出來。嶺奇兇暴地掙扎，想撇掉金色毛上的火苗。

「你完了……嶺奇！」

筋疲力盡的翻羽倒下來。

就在這一剎那，翻羽在朦朧的視野裡看到踰輝。白色的身體蜷縮成一團，邊顫抖邊哭泣著。

「踰……輝……」

啊，原來妳在這裡。

沒事了，不只是我，妳的越影也在這裡，我們回去吧！

越影、踰輝，我們回去吧——！

翻羽釋放出來的妖氣網，失去力量而碎裂了。

怒火燃燒的銀白色眼眸炯炯發亮。

「臭小子……可惡……！」

嶺奇的眼睛凝結了。
乘隙闖入的昌浩揮起降魔劍，深深刺進了嶺奇被翻羽咬傷的地方。
嶺奇與昌浩的視線交會，幾乎讓人凍結的可怕眼神貫穿了昌浩。
跟那時候的窮奇一樣，可怕的眼神中充斥著仇恨。
昌浩在心底吶喊——高龗神，請賜給我力量！
然後，他以渾身力量喊出的神咒響徹雲霄。
「雷電神敕，急急如律令——！」
一道雷光閃過天際，呼應神咒，貫穿了嶺奇的身體。
昌浩和翻羽都被反作用力彈飛出去。
異邦大妖嶺奇就那樣被白色火焰包圍住了。

＊　＊　＊

閉著眼睛、坐在船形岩上的貴船祭神微微揚起了嘴角。

——高龗神，請賜給我力量……

祂張開眼睛，露出深藍色的眼眸。

「我說過了，人類的孩子……」

——如果你再來求我，我會再借你一次神的力量。

＊　＊　＊

11

在安倍成親家的屋頂上，心浮氣躁地數著時間的神將玄武微微瞪大眼睛，抬頭看看身旁的同袍，僵硬地說：

「剛才那是晴明？」

跟玄武一樣瞪著東方的六合，用缺乏抑揚頓挫的聲音說：

「恐怕是。」

黃褐色的眼睛難得露出一抹慍色。

因為奉命待在這裡，所以不能隨便離開。想必跟六合他們一樣被派出去的同袍們，心情都是同樣地焦躁不安。

玄武心想，若要一個人去支援晴明，當然是神氣比自己強大的六合，丟下自己飛奔到晴明身旁比較合理。

但是，在同袍中，自己的通天力量最為脆弱。萬一發生什麼事，他實在沒有自信自己一個人能不能應付得來，對方可是異邦妖魔呢！

既然晴明親自出馬，可見就快有結局了。

玄武皺起眉頭喃喃說著：

「……等事情結束後，我想質問晴明。」

六合點點頭說：

「我也是。」

瞪著東方的玄武瞇起眼睛說：

「那麼，我們一起向他抗議吧！六合。」

端坐在外廊的太裳忽然抬起了頭，昌親偏頭問他：

「怎麼了？太裳。」

太裳轉向他，臉上浮現無奈的笑容。看到太裳那樣的笑容，昌親就知道發生什麼事了。

因為他們認識很久了。太裳生性溫和，總是傻呼呼地笑著，面對任何事都不會想得太嚴重，所以常常被青龍罵。「哎呀，又犯了！」挨罵後他會這樣自我反省，昌親也看過很多次。

小時候，有一次昌親看到太裳滿臉憂鬱，就問太裳怎麼了，太裳微微苦笑，感嘆地說：「要改變自己的缺點真難呢！」

然而，在昌親看來，青龍跟太裳其實很合得來。他沒有實際確認過，只是看著他們兩人，看久了就知道了。

「是不是你又做了什麼惹青龍生氣的事？」

聽到昌親這麼說，太裳張大眼睛苦笑起來。

「不是，幸好最近都沒發生那種事。」

「那就好，青龍生起氣來很可怕。」

「他並不可怕，只是長得比較有威嚴，所以語氣稍微兇一點，就會讓人有點害怕。」

「那就是一般所說的可怕吧……」

其實，太裳會那麼想，純粹是因為青龍留在人界的時間比較長，跟大多待在異界的太裳不太有機會碰面，昌親卻沒有想到這一點。

「那麼，發生什麼事了？難得你會來我家呢！」

太裳若有所思地看著坐在旁邊的昌親。

「我偶爾也會想來看看夫人和孩子們啊！如果會打擾到你，我就隱形……」

昌親搖搖頭說：

「沒事就好。因為不管發生多大的事，爺爺和昌浩為了不讓我們擔心，都不會告訴我們，所以我擔心是不是又發生了什麼大事。」
太裳沒有回答。他這樣保持沉默，是因為不想撒謊。
昌親嘆了口氣。
他很清楚自己的力量有多單薄，但這種時候還是會覺得懊惱。
「我到底能做什麼呢……」
太裳微微一笑，對喃喃自語的門生說：
「只要這樣想著他們，對他們來說就是最大的支持。昌親，你已經完成你的任務了。」

青龍站在屋頂上，雙臂環抱胸前，表情看起來很可怕。在他旁邊的天后臉色沉重，不知道嘆了幾次氣。
在東方那座山上，勾陣不知道跟什麼人打了起來。明知道她不會輸，卻還是擔心會有什麼萬一。
天后常想，如果自己的力量再強大一點，就可以去幫她了。但是，自己實際上就是這麼沒用，大多數時候都只能像這樣等待結果。
「可惡……！」

嘖嘖咂舌的青龍，散發出來的神氣愈來愈刺人了。

天后畏畏縮縮地抬頭看著他。

「呃，青龍……」

「幹嘛？」

青龍的回答又短又急躁，天后有些害怕地接著說：

「這裡由我守護，你可以去……」

才說到一半，就飛來青龍銳利的視線。天后發現自己說錯了話，可是已經來不及收回來了。

她垂頭喪氣地囁嚅著：

「對不起……」

「不要老是道歉。」

平常，如果對方是太裳，青龍就會等太裳道歉才肯罷休。天后看過那樣的場面，所以乾脆自己先道歉了。

兩人之間陷入尷尬的沉默。

坐立難安的天后感覺到遠方傳來的神氣，頓時屏住了呼吸。

眼睛眨也不眨地遙望著東方的她，呼地喘口氣，放鬆了肩膀。

「勾陣……太好了。」

看到天后安下心來的樣子，青龍嚴肅地說：

「天后。」

「是。」

「這裡由我看守，妳去看看晴明在做什麼。」

「咦……是。」

被藍色雙眸一瞪，天后慌忙轉身離去。

她邊往大文字山的方向飛去，邊回頭看著吉平的府邸。

「青龍……」

其實，青龍比誰都想確認晴明的安危，但是考慮到天后的心情，就讓給她去了。

再三思考後，天后又沿著原來的路折回去了。

因為是晴明命令她去守護那個地方，她不能違背命令。

回去後，免不了又要道歉，但是她的心情比剛才輕鬆多了。

從肩膀到胸部斜斜往下揮的筆架叉，把鳴蛇砍成了兩半。

分開的身體像皮球般彈跳出去。

上半身滾落到彰子附近才停下來。

妖魔的冰冷視線貫穿了彰子。

「女孩……把妳的血……」

靠兩隻手臂前進的鳴蛇，被激憤的太陰擋住了去路。

「不准靠近小姐！」

太陰狠狠揮下龍捲風，擊潰了鳴蛇的上半身。

鳴蛇的身體發出青蛙被壓扁般的慘叫聲，動也不動，不久後就像沙子般崩潰瓦解了。

勾陣再把拚命掙扎的下半身砍成四塊，擦擦額頭上的汗水說：

「還真難纏呢！」

下半身變回了疼痛翻滾的蛇尾。勾陣肅殺地皺起眉頭，再瞄準蛇尾擊出神氣的漩渦。

沙土飛揚，蠕動的蛇尾瞬間碎成粉末。

這次確定徹底消滅了妖魔，勾陣才喘了一口氣。

「小姐，沒有受傷吧？」

勾陣轉身詢問，彰子滿臉蒼白地點點頭。

「先回家吧！」

「等、等等，太陰……」彰子慌忙對伸手攙扶她的太陰搖搖頭說：「昌浩、昌浩還沒回來，我不能自己回去！」

彰子揮開太陰的手，搖搖晃晃地向前走了幾步。在昌浩站過的地方，虛脫地跪下來，祈禱般雙手合十。

「昌浩……！」

勾陣和太陰面面相覷。她們很了解彰子的心情，但是長時間待在冰冷的山中，對精神和肉體來說，都是很大的損耗。

勾陣撥開劉海，喃喃自語地說：

「如果六合在，就可以向他借靈布了。」

她瞄了太陰一眼，接收到她視線的太陰，把嘴巴撇成了ㄟ字形。

「……知、知道啦！」

「不一定要六合的靈布，從安倍家拿來也行。」

「那就簡單多了。」

去找六合借，恐怕會被他拉住，直到太陰把事情從頭到尾說清楚，六合才會放她走。

纏繞著風的太陰飛上了高空，勾陣目送她離開後，把手輕輕搭在雙膝著地的彰子肩上說：

「小姐，不用擔心。」

「勾陣……」

看到彰子動盪不安的眼神，勾陣堅定點點頭說：

「他是安倍晴明的接班人，一定會平安回來。」

彰子咬住下唇，點點頭。

不知道這樣過了多久，原本消失的氣息逐漸增強，從黑暗中噴放出來。

遍體鱗傷的昌浩、白毛有點髒的小怪、身上血跡斑斑的天馬翻羽，出現在瞠目結舌的勾陣和彰子面前。

這時候，剎那間感覺到其他靈氣。包覆這股靈氣的神氣，無聲無息地遠離了。

「晴明……」

勾陣的喃喃自語消失在風中，彰子沒有聽見。

「昌浩……！」

看到搖搖晃晃衝過來的彰子，滿臉鮮血和泥沙的昌浩，露出安心的笑容。

「啊，彰子……」

奄奄一息的翻羽虛弱地張開眼睛，視線遲緩地移動著，像是在尋找向它走來的彰子。

「踰……」

彰子在翻羽面前跪下來，把手輕輕放在它慘不忍睹的傷口上。越影沾在彰子身上的血跡已經乾了，現在又沾上了翻羽的新血跡。

天馬微微瞇著眼睛。

「……踰……輝……」

彰子沒說什麼，只是點點頭。就跟越影在她體內看著踰輝一樣，翻羽也在她體內尋找著踰輝。

「放心吧……越影也……在這裡。」

「嗯……」

翻羽的身影在淚光中搖曳，彰子也不知道為什麼自己這麼悲傷。

翻羽看到纖細的少女就在彰子身旁。

——哥哥……

淚水盈眶的眼睛，終於破涕為笑。

這時候，緊靠在少女身旁的越影開口了。

——我們回去吧！翻羽。

嗯，回去吧！回到我們思念的故鄉。

「翻羽……」

風聲掩蓋了昌浩的喃喃叫喚。

閉上眼睛的天馬全身被光芒所包圍，就那樣消失不見了。

默默看著這一切的小怪，夕陽色的眼睛浮現哀悼的神情。一旁的勾陣單腳跪下來，抓了抓它白色的頭。

小怪抗議地瞪了她一眼，但是她知道那不是真心的抗議。小怪嘆了一口氣。

「彰子……」

低著頭、肩膀顫抖的彰子，聽到昌浩的低聲呼喚，抬起頭來。那雙淚光閃閃的眼睛很漂亮，但是那張悲戚的臉龐，讓昌浩心痛不已。

可以的話，昌浩希望她能永遠幸福地、平靜地微笑著。

昌浩牽起她的手，再次堅定地說：

「我會保護妳。」

看到彰子瞪大了眼睛，昌浩又重複一次：

「我會永遠保護妳，彰子。」

他希望能永遠聽到彰子呼喚自己的名字。
那聲音總能讓他振奮起來。
一眨眼，恍如寶石般的淚水便滑落下來，落在膝上碎裂濺開。
「嗯……我相信。」
彰子點點頭，臉上浮現淡淡的笑容。
昌浩站起來，使勁地扶起彰子。可以看出他的意志相當堅決，在這種時候，無論如何都要靠自己的力量撐住搖搖欲墜的彰子。
小怪和勾陣都強忍住苦笑，決定暫時尊重他本人的意志。
反正他也支撐不了多久，因為他已經遍體鱗傷，比體力消耗殆盡的彰子還要糟糕，其實連站都站不穩了。
小怪抬頭看著天空，瞪大眼睛說：
「昌浩，你看……」
「咦……」
昌浩和彰子都往小怪指的方向望過去，驚訝地說不出話來。
有東西飛過沒有星星、月亮的京城的漆黑夜空。
「它們回去了……」

昌浩喃喃說著。

純白的天馬和漆黑的天馬，守護著嬌小的天馬，飛向了遠方。

昌浩更緊緊握住了彰子的手，感覺有相同的力量回握，他不禁看了彰子一眼，但很快又將視線轉向西方天際。

彰子的手好溫暖，現在只要有這樣的觸感就夠了。

東方天空逐漸轉為紫色。

西方天空卻還是黑夜，等待著時間的流逝。

天馬們消失在依然幽暗的夜空。

展翅翱翔的天馬們，靈魂將回到遙遠的異國天堂——

◇ ◇ ◇

翻羽回來時，已經過了半夜，風吹得又冷又強勁。

「我回來了！……哎呀，已經睡了啊？」

興匆匆降落的翻羽，看到坐在岩石凹洞睡得很沉的踰輝，失望地蹲下來。

怕吵醒踰輝，躡手躡腳的越影，瞪一眼發出噪音的翻羽，狐疑地皺起眉頭問：

「翻羽，你怎麼全身都是泥巴……？」

轉過身來的翻羽，不知道為什麼全身都是泥巴。

低頭看著自己的翻羽，神色自若地說：

「我要找的上等伽羅長在水底下。已經夠難找了，又有水妖以為我是要搶地盤，就跟我打了起來，把我整慘了。」

越影聽著翻羽抱怨，半瞇起眼睛說：

「翻羽，那不會是水妖們珍藏的東西吧？」

翻羽手上的伽羅木不算小，看起來像是上等極品。

「可能是吧！哎呀，管他呢，拿都拿了。」

哈哈大笑的翻羽說得毫不在意，對啞然無言的越影揮揮手，低下頭悄悄看著沉睡的踰輝。

「讓妳等太久了，對不起。」

翻羽正要摸她的頭，忽然靜止不動了。

它看到踰輝耳朵上插著應該是剛摘下來的花。

回頭一看，綻放花朵的樹木，有幾根樹枝因為花朵被摘掉，冷清地搖晃著。

「呵～」

翻羽意味深長地瞄了越影一眼，手足無措的越影眼神飄忽起來。

翻羽心想，它還真容易被看透呢！瞇起眼睛說：

「喂，越影……」

「啊，呃，幹嘛？」

強裝鎮定的越影，看起來很好笑。

「是你的話就沒關係。」

「什麼？」

「帶走它吧！不過，要發誓讓它幸福。」

從翻羽指著踰輝的動作，終於聽出話中意思的越影語無倫次地說：

「不、不行……怎麼可以……我……長這副德行……」

對漆黑的異種天馬來說，那簡直就是癡心妄想。

越影趕緊搖著頭說：

「沒關係……我……」

踰輝似乎睡得很沉，沒有醒過來。

可能是感覺到越影和翻羽就在身旁，所以睡得很安穩。

「我這樣就該滿足了……」

翻羽目瞪口呆，那眼神好像在嘀咕著「說什麼傻話嘛」。但是，越影只露出苦笑，沒有再多說什麼。

有踰輝對著被辱罵是異種的自己，露出天真無邪的笑容，這樣就夠了。

——像黑水晶的毛，比較漂亮呢……

但是，如果可以實現的話，我只有一個心願。

越影看著恬靜純真的睡臉，瞇起了眼睛。

如果可以實現的話，我只有一個心願——

希望可以永遠守護妳幸福地沉睡。

神啊！請實現我卑微的願望。

然後，將這一夜、將這幸福的時刻，烙印在我心底深處。

這就是我唯一的願望。

◇　◇　◇

緣起是年少之日，那雙手無形之溫暖。
深深烙印的臉龐，有著我對妳的傾慕。

編織的理想，與遙不可及的現實，
只能成為懷抱心中的小小驕傲。

深信天涯海角之羈絆，飛奔而去，奔向未來之未來。
或許現在還太過遙遠、高不可攀，也終有觸手可及之時。

幽暗天空的點點螢光，撩撥我心，
只能將懷中薰香，當作羈絆之鎖鑰。

蟲鳴聲聲，捎來可悲的愛情，
我細數著因預感而騷然的心跳。

希望能永遠保護妳入夢後的沉睡夜晚。
因為知道是沒有結果的戀情，所以現在請讓我看著妳的微笑。
縹緲的思念啊！綻放而凋零的花朵啊！世上沒有所謂的永恆，
明知如此，我依然期盼罪惡深重之久遠，還請不要……
因與妳相遇而期望的自由所帶來的恐懼，教人震顫。
愈是思念愈是濃烈的緣分啊！還請不要消失……
現在，請讓我看著妳的微笑。

〈ENISHI〉（緣）
作詞、作曲：Ryo
演唱：AciD FlavoR

後記

這本還是《少年陰陽師》，但跟平時的《少年陰陽師》不一樣。

好久不見了，大家近來如何呢？我是結城光流。

這是《少年陰陽師》的第一本外傳。

因為徹頭徹尾就是外傳，所以不列入系列中算第幾集，請各位多多包涵。說穿了，其實只是我個人的任性，因為我想在系列中間插個番外篇或外傳。

既然是外傳，這次的人氣排名就暫停了。

《歸天之翼》是預定於二〇〇七年七月十九日發售的遊戲軟體的名稱，雖然還是命令句，氛圍卻跟平常不太一樣，是我痛苦得滿地翻滾、呻吟，才想出來的極品。

為什麼會改編成外傳小說呢？起因是遊戲軟體團隊，請我修改遊戲故事的原案。我東改改、西修修，覺得這個應該這樣、那個應該那樣，串成一個故事後就想自己寫了，這就是作家的天性（我想是吧）。而且，跟遊戲互動出版小說，不也是很有趣的事嗎？

就這樣，出版了外傳小說，算是初次嘗試。我想過，動筆後可能會因為很辛苦而後悔，結果比我想像中更慘，忙得昏天暗地。而且，當時手上的工作又比任何時候都滿。為什麼會搞成這樣，容我稍後敘述。

在剛修改完遊戲軟體的劇本時，我心想小說的情節發展、結局，一定要跟遊戲不一樣。這麼難得的互動企劃，當然要靠《歸天之翼》這個名字，連撈兩次好處。

夠力的曲子，通常可以衍生出一整本小說的靈感。〈ENISHI〉（緣）這首曲子給人的想像，也使原本龐雜模糊的故事，活生生地動了起來。

於是，我懇求N川小姐說：

「我打算以這首曲子的感覺來寫，所以，最後請刊登這首歌的歌詞。」

為遊戲「少年陰陽師　歸天之翼」而作的這首歌，就是小說《歸天之翼》的支幹。可以這樣寫小說，都要感謝這個互動企劃。

我要感謝製作這麼棒的曲子，並欣然同意讓我刊登歌詞的AciD FlavoR，真的非常感謝。

遊戲可以跟十二神將對話，還有各種不同的結局，跟小說的樂趣完全不一樣。修改遊戲劇本時，我也看得很開心呢！與天馬相關的部分，小說比較佔優勢，可以深入描寫它們的過去。所以，看完小說再玩遊戲，或許更能體會它們的悲哀和決心。

遊戲製作人也很喜歡《少年陰陽師》，製作時非常用心，所以不論故事情節、劇本還是視覺，都很值得期待哦！

PS2遊戲「少年陰陽師　歸天之翼」，滿滿都是製作團隊令人嘖嘖稱奇的堅持，預定於二〇〇七年七月十九日發售，當然是由大家熟悉的配音演員配置而成的「Full voice」。聽說DX包裝附有「掌上型小怪」、全新創作的迷你小說，以及其他很棒的東西，請大家預約索取哦！

從五月一日發行的這本書開始，接下來是以前不曾有過的出版進度。

五月十七日　《少年陰陽師　動畫之書》（Animation Book）

六月一日　《篁破幻草子》第五集《邂逅時如夢幻》

七月一日　《少年陰陽師》第十九集《無盡之誓》③

我跟N川說，如果這次與遊戲互動的小說出版後，就緊接著出《篁》跟《少陰》，一定很驚人，可以破紀錄留下回憶，沒想到N川也表示贊同……

結果進度就變得這麼密集了。

預定於五月十七日發行的《少年陰陽師　動畫之書》（Animation Book），是動畫少年陰陽師（簡稱孫卡通）的徹底解析書。除此之外，我純興趣偶爾替少年陰陽師商業雜誌寫的未發表短篇小說，也一次刊登出來了，都是在這本雜誌才看得到的短篇，所以請各位一定要預購，冥府官吏也會出來哦！

六月一日的《篁》是朱焰完結篇。《篁》的書名也常讓我想破頭，尤其這一次想得最痛苦。我每次都想，結尾都以「く」④結束不是很好看嗎？所以老是給自己壓力……

七月一日的《少陰》，終於邁入珂神完結篇。關鍵在於，故事能不能依照珂神篇剛開始動筆時所設定的情節發展。

真的有種快死掉的感覺，但是我會努力撐下去。各位，請分給我很多很多的精力……如排山倒海般的一連串出版，如果可以順利完成，我想暫時放下工作去旅行。

我覺得還有很多我不知道的事。

《少年陰陽師》這部作品，很幸運地被翻譯成其他語言，在韓國、台灣、泰國也有出版。台灣讀者不但參加了簽書會，還寄卡片給我。

已經成為全球性小說的《少年陰陽師》，最近還有一件事讓我十分震撼。

我很喜歡狗，從小就很喜歡。

小時候，我認識了一隻狗，那就是「三隻腳的薩普」。牧羊犬薩普為了救主人，挺身而出被飆車族輾過，失去了一隻腳。看完這個故事，我才知道導盲犬的存在。從此以後，偶爾在街道看到牠們，我都會在心中暗暗替牠們加油。但是，從來沒有實際摸過導盲犬。

直到去年十月的簽書會，才有機會摸到。看到有人帶著導盲犬來，我簡直覺得青天霹靂。那時候我才知道，有義工把《少年陰陽師》做成了點字書。也在那時候才知道，有視障者靠點字書閱讀《少年陰陽師》。還有人來詢問我，可不可以做成朗讀圖書。因為除了不會點字的視障者可以聽之外，也方便攜帶。我說這是我求之不得的事。

幾天前，我收到來信，說義工已經完成了朗讀圖書，信中還附上已經聽過的人的感言。

有人說，卡通看了，劇情CD也看了，但是，無論如何還是想看小說。聽到這種話，我就有種說不出來的感動。

打從心底覺得，能成為作家真好。

有人來信說，看得嚎啕大哭；有人來信說，看得開心大笑；有人來信說，看得心情沉重；有人來信給我很大的鼓勵。這些都是我的精神糧食，謝謝大家。

我實在很難給各位回信，就讓我今後也努力寫小說來回報大家吧！

接下來是《篁》第五集，花了七年時間寫的這部故事，會是什麼樣的結局呢？

究竟能不能順利完成大結局呢？這是我成為作家後，第一次替系列故事畫上句點，所以非常擔心……

加油啊，結城，加油啊！加油啊！絕不能認輸。晴明的孫子、小怪，也替我加油啊！還有各位，代替小怪為我加油吧！

祈禱下個月，《篁》的完結篇《邂逅時如夢幻》，可以順利付梓。

結城光流

小怪的陰陽講座

③為了方便讀者查詢，《少年陰陽師》繁體中文版將徹頭徹尾的外傳《歸天之翼》排在系列第十九集。珂神篇的最終回《無盡之誓》則是第二十集。

④《篁破幻草子》第五集的書名是《めぐる時、夢幻の如く》。

國家圖書館出版品預行編目資料

少年陰陽師.拾玖.歸天之翼 / 結城光流著；涂愫芸譯. -- 初版. -- 臺北市：皇冠, 2010[民99].5
面;公分. --(皇冠叢書；第3976種 少年陰陽師；19)
譯自：少年陰陽師 翼よいま、天へ還れ
ISBN 978-957-33-2656-4(平裝)

861.57 99005408.

皇冠叢書第3976種
少年陰陽師 19

少年陰陽師——
歸天之翼

少年陰陽師
翼よいま、天へ還れ
Shounen Onmyouji ⑲ Tsubasa Yo Ima Sora He Kaere

作　者—結城光流
譯　者—涂愫芸
發 行 人—平雲
出版發行—皇冠文化出版有限公司
台北市敦化北路120巷50號
電話◎02-27168888
郵撥帳號◎15261516號
皇冠出版社(香港)有限公司
香港上環文咸東街50號寶恒商業中心
23樓2301-3室
電話◎2529-1778 傳真◎2527-0904
出版統籌—盧春旭
責任編輯—丁慧瑋
版權負責—莊靜君
美術設計—黃惠蘋
行銷企劃—李嘉琪
印　務—江宥廷
校　對—余素維・陳秀雲・丁慧瑋
著作完成日期—2007年
初版一刷日期—2010年5月

法律顧問—王惠光律師

讀者服務傳真專線◎02-27150507
電腦編號◎501019
ISBN◎978-957-33-2656-4
Printed in Taiwan
本書特價◎新台幣199元/港幣67元